探侦ガリレオ

侦探伽利略

〔日〕**东野圭吾** 著　蓝佳 译

新经典文化股份有限公司
www.readinglife.com
出 品

侦探伽利略

目 录

第一章　燃烧……………1

第二章　复刻……………51

第三章　坏死……………99

第四章　爆裂……………151

第五章　脱离……………197

第一章

燃烧

1

"……转过身,他脸上戴着一副由银色金属打制、毫无表情的面具。每当他想隐藏感情的时候,便会戴上它。凹陷与弧度完美地贴合他瘦削的双颊、下巴和额头。面具闪闪发光,他手持可怕的武器凝视着。那武器——"

读到这里,摩托车的马达声越来越近,他拿着雷·布拉德伯里的《火星纪事》站到窗边,把窗帘撩开一道缝。

这个房间位于整栋公寓东北角的二层。顺着东边的窗户往左下方看,可以看到北边马路尽头的丁字路口。

今晚来了三辆摩托车,人却有五个,其中两辆分别载着两个人。他们故意使摩托车发出刺耳的声响,又一次在老地方集结。

所谓老地方,就是东侧马路的尽头。那里有一个公交车站,设有为白天等车的乘客准备的长凳。这几个摩托车党好像很喜欢坐在长凳上大声闲扯个没完。更周到的是，旁边还立着一台饮料自动售货机。

他们倒还不算暴走族，看上去就是普普通通的年轻人，其中两个头发染成茶色，一个穿着低腰长裤，另外两个没有什么显著特征，顶多就是其中一个长发至肩。

不过，他想，人们不会因为他们看起来普通，就对他们比暴走族更宽容。

他翻开手里的《火星纪事》，正好是"一九九九年二月　伊拉"那章。这部分他不知道重读了多少次，有几段都背下来了。照这样下去，要把书读完还不知需要多少日子。

这时，其中一个年轻人发出莫名其妙的尖叫，周围的伙伴都大笑起来，他们的声音在寂静的街道上回荡。这附近本是到了晚上连机动车都很少经过的地方。

他离开窗边，把书放在桌上，朝屋子角落的电话机走去。

向井和彦把头发染成了茶色，并在脑后束起，他希望借此能让自己和大众稍稍区别开来。他今年十九岁，一年半以前高中毕业后，在一家涂料公司上班，时间上不自由不说，还挣得少，于是三个月前他辞职了。一年多的薪水全花在了一辆二手摩托车和打游戏上，因为和父母住在一起，生活还不至于没有着落。可是父母对他整天不务正业唠叨个不停，令他很烦。为了尽量不和父母打照面，他索性在外面晃到深夜。

他衔着一根万宝路,站在自动售货机前。塞入现金后按下按钮,随着咣当咣当的声音,圆滚滚的易拉罐掉了出来。

他把可乐拿出来,不经意地看了一眼旁边,那里摞着四个用来装啤酒瓶的塑料箱,箱子上放着一个运动包大小、用报纸包着的方形东西,他以前从来没有见过。奇怪,他想,这台机器不卖啤酒啊,这包东西又是什么?

不过,他并没有对此表现出更多兴趣。他拉开可乐罐的拉环,边喝边加入伙伴们的谈话。另外四个人正在谈论最近在闹市区结识的一群女高中生。哪个姑娘更容易搞到手呢——最后总会聊到这种事。

这四个人对和彦来说算不上朋友,他可不需要那种麻烦又矫情的人际关系。他觉得能在一起找乐子就足够了,非要追求进一步的关系,他也做不到。

同伴之一山下良介开始谈起最近搭讪成功的女生。这个以自己的长发为荣的年轻人,习惯边说话边双手把头发向脑后捋。和彦站在自己的摩托车旁听他吹嘘。另外两人坐在长凳上,还有一人跨骑在摩托车上。

"后来进了房间,她说还是戴套吧。我可不想,所以就装傻。可她随身带着那玩意儿呢,没办法,我只好戴了。不过进去之前我用指甲把前头抠破了,这不就和没戴一样了嘛。那女人以为戴着,挺放心的,我就都弄在里边了。事后她一直发牢骚,我说谁让那玩意儿破了的。反正我告诉她的名字电话什么的都是胡编的。"山下良介讲这段小插曲时相当得意,鼻孔微张。

"你太过分啦!""说不定会怀孕哦。"其他人笑嘻嘻地点评着。

山下良介似乎对大伙的反应很满意。"那我可管不着。她不愿意可以不做嘛。"他说。

大概是还想添一句恬不知耻的话,他照例把额前的头发向后捋,正要开口,突然瞪大了眼睛,难以置信的事情发生了。

山下的后脑勺起火了!火瞬间烧着了他的整个头部。他一声不吭,缓缓地向前方倒下,如同一棵着了火的大树。

和彦和其他三人连声音都发不出来,只是呆呆地看着那慢镜头般的景象。

实际上,他们只恍惚了数秒。和彦用右眼的余光看到那个报纸包着的东西也烧起来了。直觉告诉他,自己也处于危险之中。

下一瞬间,随着剧烈的爆炸声,滚滚的火焰向他袭来。

2

警视厅搜查一科的草薙俊平驾车到达现场时,火已经被扑灭,消防队正要撤离,围观的人们也陆续散开了。

草薙下了车,向现场走去,迎面走来一个身穿红色运动服的小女孩。她看上去五六岁，小脸和身子圆滚滚的，一直仰着脸走路，好像在寻找什么。

这样走路危险哦——草薙刚要提醒，小女孩脚下一绊，向前摔倒了。她"哇"的一声大哭起来。草薙连忙跑过去，把女孩抱起来。她的膝盖出血了。

"啊，谢谢您了。"一个女人跑了过来，应该是女孩的母亲，"看看！我说了让你跟我一起走……真是不好意思。哎呀，真是的，在家等着不好嘛。"

草薙心想，与其教训女儿，还不如不要大半夜跑出来参观失火现场呢。他默默地把女孩交给她母亲。

"可我看见那根红线了嘛，刚刚真的有啊。"女孩抽泣着说。

"哪有啊？哎呀，衣服脏成这样。"

"能看见的，很长的红线，就是有嘛。"

草薙走开的时候还在想：什么红线？

到了现场，被火烧得漆黑的马路中央站着几名男子，其中之一是草薙的上司间宫警部[①]。

"不好意思，我来晚了。"草薙小跑过去。

"辛苦了。"间宫微微点了下头。他身材敦实，脖子短粗，面容温厚，目光却不乏犀利。与其说是刑警，这个人的气质倒更像一位可靠的手艺人。

[①]日本警察的警衔由上向下分为警视总监、警视监、警视长、警视正、警视、警部、警部补、巡查部长、巡查。其中，警部的职务主要有警视厅内各科组长等。

"是纵火吗？"

"现在还不好说。"

"一股汽油味啊。"草薙吸了吸鼻子。

"好像是装在塑料桶里的东西着起来了。"

"塑料桶？这里怎么会有这东西？"

"不知道。你看——"间宫指着倒在路边的某物。

那确实像个装煤油的塑料桶。现在它的侧面已经从中间熔化变形，完全变了样。

"看来一切要等询问受害人之后了。现在仅凭这些，完全弄不明白是怎么回事。"

"受害人是什么人？"

"五个不到二十岁的年轻人。"间宫生硬地继续道，"其中一个死了。"

正往本子上记录的草薙抬起头。"是烧死的吗？"

"可不是嘛，当时他好像站在塑料桶的正对面。"

草薙忍着不快的感觉把这点也记下来。案件里出现死者，这不是让人舒服的事，每次都是如此。

"你在这附近了解了解情况吧。出了这样的事，估计很多人都还没睡呢。看见亮着灯的屋子，可以去敲敲门。"

"我知道了。"草薙说完，向四周看了看。他立刻注意到旁边街角的一栋公寓，那里有好几扇窗户透出亮光。

这是一栋有些年头的二层建筑,有好几扇门对着东西走向的马路。阳台位于南侧,即马路的相反一侧。临街有窗户的只有最边上的房间,能目击事发现场的仅限于东北角的房间。

草薙走了过去,恰巧看到一个年轻人正要走进东北角一层的房间。只见他从口袋里掏出钥匙,插入锁孔。"麻烦您等一下!"草薙从后面叫住他。

年轻人回过头。他看上去二十出头,高个子,披着一件灰色工作服,拎着一个白色的袋子,大概刚从便利店回来。

"刚刚那里发生了火灾,您知道吗?"表明身份后,草薙指着丁字路口问道。

"知道呀,真吓人!"

"那时您在家吗?"草薙看了看贴着"105"房号的门。

"是啊。"年轻人回答。

"事故发生前后,您注意到有什么特别的情况吗?比如有没有听到大的动静,或者看到什么?"

"呃,让我想想。"年轻人回忆着,"那时我在看电视。我就记得那伙人特别吵。"

"您说的那伙人,指的是骑摩托车的那几个吧?"

"是啊。"年轻人不禁微微皱眉,"每到周末都是这样。也不知道他们从哪儿来的,夜里两三点还在闹腾。这附近原本是很清静的。"他轻咬下唇,似乎平时积攒了不少愤懑。

现在那伙人可遭天谴了——草薙话到嘴边又咽了回去。这种话过于轻率了。"就没有人提醒他们吗？"

"提醒？怎么会？"年轻人耸了耸肩，淡淡一笑，"在如今的日本社会，没有人会这么做吧？"

也许是这样，草薙点了点头。"从您家可以看得到事发现场吗？"

"本来应该……看得到。"对方回答得有些含糊。

"怎么？"草薙问。

年轻人打开房门。"你看看里面就知道了。"

草薙向里看去。这是个不到八叠①大的单间，一张床、一个书架、一张玻璃小桌就是这个年轻人家里所有的家具。小桌上放着一部无绳电话，不过草薙猜想在这个家里不会有用到子机的机会。书架上比书更多的是各种录像带和生活用品。

"咦？窗户呢？"

"就在那后面。"年轻人指着书架，"因为没地方放，只好把窗户堵上了。"

"这样啊。"

"也多亏这样，感觉多少能挡住一些外边的噪音。"年轻人说。

"您对他们的行径好像相当恼火。"

"这一带的居民都一样。"

"哦。"草薙留意到电视上插着的耳机。大概外面太吵，年

---

① 日本计量房屋面积的单位，1叠约为1.62平方米。

轻人只好戴上耳机看电视。这样一来，就算有什么动静，听到的可能性也不大了。

"非常感谢您的配合，很有参考价值。"草薙说。虽然没什么收获，但这样说是对对方应有的礼节。

"对了……"年轻人嗫嚅着，"你还要去二〇五室问情况吗？"

"二〇五，就是正上方吧？"

"是的。"年轻人欲言又止。

"怎么了？"

"哎，嗯……其实，"年轻人犹豫片刻，说道，"上面住的是前岛，但是他说话有困难。"

"说话有困难？什么意思？"

"不能讲话，发不出声音，应该是叫'哑巴'吧。"

"这样啊。"草薙非常意外。幸亏提前知道了，否则贸然上门，肯定很尴尬。

"我和你一起去吧。"年轻人自告奋勇，"我和他还挺熟的。"

"您方便吗？"

"没问题。"本来已经进屋的年轻人重新穿上了运动鞋。

这个热心的年轻人名叫金森龙男。据他说，二〇五室的前岛一之的耳朵是完全没问题的。"他的听觉比咱们一般人还灵得多呢，所以对于那些人制造的噪音应该特别反感。"走在扶手都已经生锈的楼梯上，金森对草薙说。

敲了敲二〇五室的房门，马上就有人应答。门开了，门缝里露出一张年轻而瘦削的脸庞，看上去比金森年轻，脸色苍白。

前岛看到深夜来访者之一是金森，显得放心了几分，然而看向草薙的目光里依然带着戒备。

"这位是刑警，他是来调查刚刚那起事故的。"

草薙在金森说话的同时出示了警察手册。前岛迟疑片刻，还是开了门。

这间屋子的布局和金森住的那间一模一样，只不过东边的窗户没有被家具挡住。草薙首先注意到的是和狭小房间不相称的高级音响，还有地板上堆着的大量录音带。这个人大概是个音乐爱好者，草薙心想。墙边摞着的书数量之多也令草薙咂舌，没有杂志，几乎都是小说。

爱好读书和听音乐的年轻人——这种形象瞬间和眼前的前岛重合。这样的一个人，确实会厌恶那伙随心所欲制造噪音的人吧，草薙思忖。

草薙没有往里走，站在门口问道："刚才发生火灾时，您在哪里？"

前岛几乎面无表情地指了指地板，好像在说"就在这间屋子里"。

"当时您在做什么？"草薙继续提问。前岛穿着 Polo 衫，外面套着运动衣，屋里还没有铺被褥，草薙猜测他当时应该还未就寝。

前岛回身，指了指窗边的电视。

"他说当时在看电视。"金森帮着解释，虽然草薙已经看懂了前岛的意思。

"事故发生前，您有没有听到什么动静，或者看到窗外有什么？"

前岛两手插在衣服口袋里，冷淡地摇了摇头。

"那么……能允许我进屋吗？我想从那里看看窗外。"

前岛点点头，手掌伸向窗户，做了个"请"的动作。

"打扰了。"草薙脱鞋后踩上了地板。

窗户下面是一条南北走向的马路，来往车辆很少，在这段时间一辆车都没有经过。草薙想起金森刚才说这里的街道很清静。左下方就是事故现场——那个丁字路口，现在那里仍有几名侦查员在来回走动寻找线索。

草薙离开窗口，不经意地看向音箱。上面放着一本书，是雷·布拉德伯里的《火星纪事》。"这本书是您的？"他问前岛。

前岛点了点头。

"这本书很难读啊。"

"你也看过？"金森问道。

"很久以前了。想读来着，不过半途而废了。大概我天生就不适合读书吧。"

本想开个玩笑，可是金森没笑，还愣住了。前岛则沉默地看着窗外。

在这里不会得到什么有用的信息了，草薙判断。他说了句"如果想起什么请联系我"，走出了二〇五室。

3

在这起奇异事件发生后的第三天，草薙造访了帝都大学理工学院物理系第十三研究室。

草薙毕业于这所大学的社会学院，在校时从来没有去过理工学院。毕业十多年后的今天反而来到这里，他不禁觉得有些好笑。

那栋灰色的四层建筑就是物理系所在的楼。光是在外面从楼下仰视，就让人有些发怵。草薙自我分析，这全是因为他天生就不擅长理科。

要去的房间在三楼。门上贴着助教和学生的名字，旁边的磁铁牌子显示每个人的去向。学生们似乎都去上课了。草薙看了一下汤川这个姓氏，显示的是"在室"。他看了看手表，确认已经稍过了约好的两点，敲响了门。

屋里传来一声"请进"。草薙推开门，看到屋里的情形，瞬间呆住了。

室内没有开灯，一片漆黑。现在是白天，就算不开灯也应该足够亮，也许是拉上了遮光帘，窗外的光线完全透不进来，房间如同暗房一样。

"汤川，你在哪儿？"话音未落，就听到有类似发动机的声音传来，这声音草薙很熟悉。

想起来了，是微波炉的声音。草薙的眼前突然出现了火光——桌上摆着一台小型微波炉，里面有个灯泡正在发光，但不是普通灯泡发光的样子，里面有火焰在一明一暗地闪烁。

火光逐渐变弱，不久便熄灭了。窗帘也被拉开。

"对于每天忙于维持城市治安的刑警草薙来说，这光线实在太微弱了。"一个身穿白大褂的男人站在窗边，手里拉着窗帘的一端。他身材颀长，肤色白皙，戴着一副黑框眼镜，几乎和学生时代没两样，就连将额发齐整地修剪到眉毛偏上位置的发型也没有变化。

草薙松了口气，无奈地一笑。"吓死人了，一把年纪还搞恶作剧。"

"你这么说真让我伤心，我可是在表达对你工作的协助之意呢。"汤川把窗帘完全拉开，挽起白大褂的袖子朝草薙走过来，然后伸出右手，"最近还好吗？"

"还行吧。"草薙和汤川握了手。

这个男人看起来文弱，当年却是大学羽毛球社的王牌队员。草薙曾和他多次对练，每次都是一场难挨的鏖战。现在他握住草薙右手的力量，又让草薙忆起了往昔。"上次是什么时候来着?"草薙说。他指的是二人上次见面的时间。

"上次见面是三年前的十月十日。"汤川以自信的口吻说道。

"是吗?"

"是在川本的婚宴上。我记得那天其他人都是一身黑礼服,唯有你穿着灰色的套装。"

"啊。"草薙想起来了,连连点头。确实是那样。连记忆力都和从前一样啊,他看着汤川想。"大学怎么样?升了副教授以后很辛苦吧?"他望着对方身上的白大褂。

"也没什么特别的变化,就连对学生素质逐年下降的现象也习以为常了。"汤川一脸严肃,并不像在说笑。

"是你太严格了吧?"

"说真的,"汤川道,"你才辛苦吧?尤其是这两三天。"

"嗯?什么意思?"

"我猜到你来的目的,特地准备了这个东西,在这里等你。"汤川指了指微波炉。

"对了,你刚才说什么来着?什么协助之意?"草薙说着,抬手要摸微波炉。

"别动!还通着电呢。"汤川急忙把旁边插座上的插头拔下来。微波炉的后盖开着,后面连接着草薙根本不认识的设备。

汤川打开微波炉的门,取出里面的东西。那是一个放在金属烟灰缸里的灯泡。"这就是刚才那个小戏法的主角。"

草薙仔细打量着汤川手里的东西。"看起来就是个普通的灯泡嘛。"

"对，就是普通灯泡。"汤川把它放在一旁的桌子上，"微波炉里电磁波产生的感应电流，使灯泡内部的氙气成为等离子体，从而发光。发出的光不仅有紫色的，还有绿色的，这也许是支撑灯丝的铜质部件的铜等离子体也掺杂进来的缘故。"

"等离子体？刚才那个就是？"草薙问道。汤川的一番话他几乎都没听懂，可"等离子体"这几个字却是他熟悉的。

"是啊，"汤川在身旁的椅子上坐下，向后仰靠，"所以，你明白我刚才说的意思了吧？你应该是为了咨询等离子体的有关问题，才专程来我这儿的吧？"

"真是不服不行啊。"草薙摸了摸后脑勺，隔着桌子在汤川对面的椅子上坐下，"你是怎么知道的？"

"这个不用怎么推理也能知道。最近的烧伤致死事件在我们圈子里也广为流传，又出了人命，需要警视厅搜查一科刑警草薙出马的概率很高啊。你百忙之中抽出时间来访，肯定不是来和我叙旧的。"

被人一眼看透，草薙只好讪讪地笑着。"呃，是这样的。"他挠了挠脸颊。

"先来杯咖啡吧，不过我只有速溶的。"汤川起身，用小电炉烧起水来。

在他准备咖啡时，草薙拿出记事本，又看了一遍整个案件的摘要。其实，该将之称为案件还是仅看作单纯的事故，现在就连警方也并不确定。

　　经过整理,已经明确的情况为:在"花店街"这么一条不起眼的马路旁,突然发生局部火灾,当时身处附近的五个年轻人一死四伤。现场弥漫着汽油味,火被扑灭后,在废墟中发现了疑似用来装煤油的红色塑料桶,可以推测是桶里装的汽油因故起火。然而,这东西出现在现场的原因不明。几个受伤的年轻人都称与油桶无关,而且绝对没有点火。

　　那为什么会突然起火呢?

　　等离子体之说是一些媒体提出的。在容易发生雷电的气象条件下,空气等气态物质因感应电流的流动,有时会出现伴有强光和高热、像火球一样的等离子体。此次事件是否就是由于产生了某种等离子体,导致塑料桶内的汽油燃烧起来了呢?这种假设的出现,无疑是由于等离子体多次完美地解释了超自然现象。对警方来说,等离子体之说总比什么灵异现象、超能力之类容易接受得多,所以决定先咨询一下有关等离子体的知识,于是就有了草薙这次对大学同学的造访。

　　汤川端着两杯咖啡走了回来。这两个马克杯怎么看都像是活动的赠品,毫无品位可言,而且一看就知道没有认真清洗。可草薙还是接过来,说了声"谢谢",津津有味地喝了一口。"那,你怎么看?"他放下杯子问道。

　　"什么怎么看?"

　　"就是那起事件啊。你怎么看花店街火灾原因?从你给我演示的实验来看,你也认为是等离子体?"

"我做这个实验,是因为报上写到了等离子体,觉得你一定会感兴趣。至于我自己,目前没有任何想法,也许是等离子体,也许不是。毕竟还没有任何数据,所以没办法提出假设。"

"对这起事件,你了解多少?"草薙问。

"自然也就是报上登的那些。就是说,"汤川又喝了一口咖啡,继续道,"不知什么缘故,放在路边的一个装汽油的塑料桶忽然起火,烧到了旁边的年轻人——仅此而已。"

"从这些事实能推出什么来呢?"

听了草薙的话,汤川忍不住笑出声来。"别开玩笑了。如果不仔细在火灾废墟里寻找线索,就无法得出推论。消防队肯定也是这样说的。"

"只发现了那个塑料桶,真的只有这个。"

"桶是不是做过什么手脚?电视里的新闻播报员提过。"

"你觉得那些人说的,我们能没想到吗?鉴定科的同事把各个角落都查遍了,也没发现有动过手脚的痕迹。"

"真同情你们。"

"别开玩笑了,我是真心来向你讨教的。"草薙一本正经地说。

汤川微微耸肩,露出笑意。"告诉你一件有趣的事。在美国,有人彻底分析了声称目击过UFO的人的证词,发现百分之九十以上都是看错了。而且,其中最多的是把某些天体错当成了UFO，尤其是金星，甚至还有人把月亮当成了UFO。"

"你究竟要说什么？"

"那些所谓幽灵的真面目，往往是不起眼的平常之物。现场有装着汽油的塑料桶，附近还有几个不懂事的年轻人，如果汽油桶着了火，可能性不是有一个嘛。"

草薙不由得睁大了眼睛。

"就是那些人撒谎了——其实是他们自己点着了汽油，在明知道有可能会被烧伤的情况下。不知道是不是故意点燃的，也没准是别的人放置的塑料桶，他们不知道里面是汽油。但并没有证据证明他们肯定不是肇事者吧？他们大概还吸烟了，身上应该有打火机。"

草薙听着，不禁皱起了眉。"别这么扫兴好不好，你说的怎么和我们科长差不多。"

"哎？搜查一科的科长也是这种看法？"

"他说，大概就是那帮小鬼玩火自焚。"

"不错，其实很合理，无可指摘。"

"既然你非要坚持这种保守论调，那我提供给你一条新线索。"草薙从上衣口袋里取出一样东西。

"不是保守，而是常识。这是什么？像是小型录音机。"

"这是其中一个年轻人的录音。由于烧伤，他开口困难，但意识很清醒。你先听一下吧。"

草薙按下开关，录音机里传来细弱的说话声，他把音量调大。

首先是确认身份。年轻人名叫向井和彦,十九岁。然后进入正题,由草薙开始发问。

"我想请你告诉我火灾的情况。着火前有什么不对劲的事吗?"

"不对劲的事?"

"什么都可以。那时你在干什么?"

"我……我好像在抽烟,听良介说话。"

"其他人呢?在做什么?"

"也没干什么,都在听良介说话。然后突然就着火了,特别吓人。"

"着火指的是那个塑料桶着起来了吧?"

"不是,是良介……良介的头……"

"头?"

"头发……他后面的头发一下子着起火来,然后就倒了下去……我们吓傻了,一眨眼的工夫,我们也被火包围……后来就什么都不知道了。"

"等等,你是不是把顺序说反了?难道不是先被火包围,然后你同伴的头才起火吗?"

"不,不是的。是良介的头最先着火了。"

听到这里，草薙按下录音机的停止键。"怎么样？"他盯着汤川。

汤川托着腮，但这并非百无聊赖的反应，因为镜片后面的双眼正闪现着光芒。"头着了起来？"

"是这么说的。"草薙知道老友已经开始感兴趣了，他在心里暗笑，掏出一盒香烟。刚想抽出一根，汤川无声地指了指贴在墙上贴的纸，上面写着"禁止吸烟，以防脑力继续下降"，草薙只好悻悻地把烟放回口袋里。

"头着了起来。"汤川抱着胳膊，"就像是火柴，头部先着火。"他沉吟着，"又不是变戏法，怎么会着火呢？街头卖艺倒是有喷火的，可那也不是头部着火。"

"确实是着火了，"草薙晃了晃拳头，"头部最先着了起来。"

"尸体是什么样子？就只有头部被烧了吗？"

"很遗憾，死者倒地后被大火席卷，全身焦黑，没法判断是先从哪里烧起来的。"

汤川再次沉吟，然后忽然想起什么似的看向草薙。"你们那位非常理性的科长怎么说？"

"科长怀疑是证人的错觉。因当时惊慌失措，导致记忆出现混乱。但我们问了其他几个年轻人，也都说是良介的头先着火的。"

"这样啊。"汤川点了点头，站起身说，"那我们去看一看吧。"

"去哪儿？"

"当然是去那个发生奇异现象的现场喽。"

草薙望着汤川,唰地站起身来。"好!我带你去。"

4

案发现场是个即使在白天车流量都很小的丁字路口。也幸亏如此,草薙驾驶的"天际线"才能停在并不宽敞的马路边。

事发时就放置在那里的饮料自动售货机,下面的部分已经烧得焦黑。饮料陈列屏上贴着一张写有"故障中"的纸。

"还有'故障中'这个词?"汤川嘀咕道,"'故障'两个字不就行了嘛。"

"根据几个年轻人的证词,"草薙自顾自地解说道,"已经死亡的山下良介当时就站在这里。"他说的地方离自动售货机大约两米。

"他当时面朝哪边站着?"汤川问。

"应该是面向售货机。其他人围着他,两个人坐在长凳上,两个人在摩托车旁边。"

"那个塑料桶当时放在哪里?"

"就在售货机旁。当时那儿摞着四个用来装中号啤酒瓶的箱子,塑料桶就放在那上面。向井和彦说,那时还用报纸包着呢。"

"装啤酒的箱子?那东西怎么会出现在这儿?"

"这也是疑点之一。"草薙指着马路东侧,"瞧,那儿有个酒类专卖店的招牌吧?据说箱子是从那儿搬来的。"

"店里的人怎么说?"

"他们也一头雾水。"

"哦……"汤川站在自动售货机旁,伸出右手在胸前比着,"四个啤酒箱摞起来大概这么高吧?"

"差不多。"

"上面再放上塑料桶。"

"嗯。"

"然后,"汤川后退了两米左右,"死者当时就站在这里,面朝售货机。"

"没错。"

"这样啊。"

汤川抱着双臂,在自动售货机旁来回走动,不知为何。草薙不敢打扰他,只是在一旁默默地看着。

过了片刻,年轻的物理系副教授停下脚步,抬起头说道:"不是等离子体。"

"哦?"

"这个案子你是怎么认为的?是有人故意为之,还是仅仅是一起突发事故呢?"

"就是不知道,才来向你请教的嘛。"草薙眉头微蹙,挠了挠头,正色道,"不过,我觉得是有人故意为之。"

"有什么根据?"

"自然是那个塑料桶。它不像是某人突发奇想放在这儿的,而更像是为了引发此事故意放的。"

"我也这么想。接下来要弄清的就是此事是如何发生的。我敢断言,现实中不可能在随便一个场所就发生足以使汽油桶燃烧的等离子体现象,且事后还不留任何痕迹。"

"可刚才你不是给我展示了等离子体吗?"

"当然,如果能把整个现场都放进一个微波炉里,那就另当别论了。"汤川一本正经地说。

"如果不是等离子体,那是什么?"

"现在还无法断言。"汤川用右手食指一下下地按着太阳穴,"关键就在那个年轻人的头部比塑料桶先着火这一点。"

"你相信他们说的?"

"这一点是真的。"

"那我想问问你的依据是什么?"

"如果是塑料桶着起来后,火焰才烧到那个年轻人,那他的面部理应先被烧,因为他是面朝自动售货机站立的。不过,目击者都说是他后脑的头发先着火的,为什么会从反方向开始燃烧呢?"

草薙不禁"啊"了一声。确实是这样。

"我认为他的头部先起火,然后塑料桶才燃烧起来,这个顺序没错。既然着火,就说明受热,那么这些热量是依次由年轻人传递到塑料桶的吧？能达到这种程度的热能，其他人也应该有所察觉才是。可你说他们在塑料桶里的汽油烧着前并没有感到热。"

"的确如此。"

"这种局部加热是怎么回事呢？"汤川左手叉腰，右手抚着下巴沉思起来。

"帝都大学的年轻副教授都没办法解释了吗？"

"目前能想到的原因只有一个。"汤川转过头，凝视着南面的马路，又马上摇了摇头，"应该不会。"

"你想到什么了？"

"现在说了也没用，还是先找个咖啡馆，一边喝咖啡，一边慢慢地梳理一下吧。"

"好，好，都听汤川老师您的。"草薙从衣服口袋里拿出钥匙，向自己的车走去。

两人坐进车里，汤川说："去咖啡馆前，先在这周围转转吧？我想看看附近的街道。"

"哦？这也有参考价值吗？"

"有时候会有的。"

草薙似懂非懂地点点头，发动了汽车，缓慢地行驶在路上。街道两旁都是住宅和小商铺，没有一点不寻常的地方。

"假设这次的事是某人刻意而为，"坐在副驾驶座上的汤川说道，"他的目的到底是什么呢？蓄意谋杀吗？"

"这是首先想到的，毕竟确实死了一个人。"

"你是说，这起案子是针对那个叫山下良介的年轻人的？"

"是否只针对他还不清楚，也许是针对他们一伙人的，只不过恰好只有他死了。"

"那些年轻人总在那个地方聚会？"

"关于这一点，有好几个证人证实，每周四、五、六，他们都雷打不动地聚在那里。"草薙觉得，那些人与其说是证人，还不如说是噪音受害者。

"案发时间是在周五吧？"汤川问。

"是的。"

从草薙在附近了解到的情况来看，人们对那些年轻人的评价可绝对算不上良好。夜深人静，他们却骑着摩托车从这个车流量不大的道路上呼啸而过，大声喧哗，甚至还留下满地垃圾。

或许是有居民对他们旁若无人的所作所为忍无可忍，决定惩罚他们，才导致了这次的事情？然而，就算这是有意而为的犯罪，究竟是如何实施的还是一点头绪都没有，草薙边开车边思忖着。

过了一个街区，道路变窄，再往前开就要拐弯了。两边的街景依然没有任何变化，从车窗外闪过的大都是小型民房或公寓。偶尔能看见稍大一些的建筑，应该是町工厂的厂房，这附近有不少大企业的转包工厂。

不久，草薙开着车回到了原处。"还有别的地方要看吗？"他问汤川。

"不用了，去喝咖啡吧。"

"好。"

草薙刚驶离案发现场，准备沿马路一直向南开时，突然看见一个面熟的小女孩站在路旁。正是案发当晚他扶起的那个小女孩。和那天一样，她仍穿着那身红色运动服，抬头望着天空。

"这孩子……如果总是这样，又会摔跤的。"草薙开着车经过后说道。

"你认识那孩子？"汤川语气生硬地问。

草薙想起汤川这个人以前就不喜欢小孩。

"不算认识。就是案发那晚，她在这儿摔倒了，是我把她扶起来的。"

"这样啊。"

"你这家伙，还是一如既往地不喜欢小孩呀。"草薙瞥了汤川一眼。

"小孩子都是不讲逻辑的，"汤川回答道，"应付他们会让我的精神感到疲惫。"

"这么说，你岂不是没法和女人交往了？"

"有逻辑的女人也不少，至少和无逻辑的男人一样多。"

草薙无奈地笑了，这家伙还是和学生时代一样固执。

"那个小女孩好像在找什么东西呢。"汤川道，"气球吗？"

"上次也是这样,才摔倒的。"

"真是的。"

"她好像……"草薙回想着,"说了什么红色的线。"

"什么?"

"她好像说看见了一条红色的线,还是没看见什么的。我也不明白是怎么回事。"

突然,汤川一把拉住了手刹。汽车猛地减速,剧烈摇晃起来。

草薙慌忙踩下刹车,将车停了下来。"你要干吗?"

"往回开!"

"啊?"

"赶紧回去,回刚才那个小孩那儿。"

"小孩那儿?为什么?"

汤川用力摇了摇头。"现在没空解释,说了你也不能马上明白。先回去再说。"

汤川的语气令草薙无暇多想,他松开刹车后马上转动起方向盘。

回去后,只见小女孩仍旧站在原地,抬头看着什么。

"你去问问她。"汤川说道。

"问什么?"

"当然是关于红色的线。"

草薙看着汤川,看来他并不是在随口乱说。

草薙下了车，朝小女孩走去，汤川紧随其后。"你好。"草薙向她打招呼，"你的膝盖好了吗？"

小女孩一开始露出警惕的样子，后来似乎认出了草薙，神情立刻放松下来，点了点头。

"你在看什么呢？上次你也在看天空吧？"草薙说着也仰起头。

"没有那么高，就是那儿。"小女孩向上指着，可草薙还是不知道她说的是哪里。

"能看见什么？"草薙又问。

"嗯……能看见一条红色的线。"

"红色的线？"那天草薙果然没有听错。他凝神看向小女孩指的方向，还是什么都没看到。"看不见啊。"

"嗯，现在看不见了。"小女孩惋惜地说，"上次我明明看见了的。"

"上次？"

"嗯，就是着火那天呀。"

"着火那天……"草薙看了看汤川。物理学家正双臂环抱，皱着眉盯着小女孩。草薙真想对他说："你这种表情会吓到小孩子的。"

这时，旁边住户的门开了，从里面出来的是小女孩的母亲。她看到和女儿亲切交谈的男人，不禁露出诧异的表情。

"您好，我们上次见过一面。"草薙微微颔首道，"您女儿的膝盖好像已经没事了。"

这句话提醒了小女孩的母亲,她脸上马上浮现出礼貌的微笑。"对了,那天真是谢谢您。"她恭敬地低头致意,"这孩子怎么了?"

"刚才我听她提到一件很有意思的事,她说看见了一条红色的线。"

"啊……"女孩的母亲显得有些难为情,"她又说这些莫名其妙的话了,怎么可能看见那种东西!"

"为什么这么说?"

"哎,都是不值一提的小事。就是上周……是哪天来着?"

"周五吧,"草薙说,"您女儿说是着火那天,应该就是周五。"

"啊,对,是的。那天晚上十一点左右,她突然往屋外跑,说是看见了一条红色的线。"

"我是从二楼的窗户那儿看见的。"小女孩插嘴道,"所以才出去的,果然还能看到呢。"

"你出去之后,看到那条红线在哪个位置?"

"嗯……大概是那个叔叔的头那里。"小女孩指了指汤川。

汤川不悦地微微蹙眉。

"那条红线是什么样子的?"草薙又问。

"拉得长长的,很直很直。"

"很直?"

"她是想说沿着道路笔直地延伸吧。"母亲替女儿解释道。

"您也看到了吗?"

母亲摇了摇头。"听她说完之后,我也出去看了看,但什么也没有看到。"

"不对,有的!"小女孩噘起嘴,"妈妈过来的时候,还能看见呢。"

"但是妈妈并没有看见啊。"

"我都告诉你就在那里了,可你一直说'没看见、没看见',结果就真的看不见了。"

"我也没办法啊。"这样的对话大概已经重复多次,小女孩的母亲似乎有些疲于应付。

这时,汤川飞快地闪到草薙身后,在他耳边低声道:"那真的是一根线吗?"汤川大概是讨厌亲自问小孩子吧。

"那真的是一根线吗?"草薙问小女孩。

"我也不知道。不过它很细,还绷得直直的。"

汤川又在草薙耳边小声说:"没有去摸一摸它吗?"

"你有没有去摸一摸它?"

"没有,我够不着。"

草薙回头看着汤川,好像在用眼神询问他还有没有别的问题。

"这附近有其他人也看到了吗?"汤川小声说。

草薙对母女二人重复了一遍这个问题。

"我没有问过别人。连我都没看见,所以我想是这孩子的错觉。"

"不对,不是错觉。"小女孩看上去快哭了。

汤川拽了拽草薙的衣角,一副对小孩子的哭声望而却步的模样。草薙对母女二人微微鞠躬后便离开了。

上车之前,汤川一直缄默不语。草薙知道他在思索红线的事,却不明白这为何会引起他的兴趣,因为草薙完全想象不出那条红线究竟是什么东西。而草薙现在能做的,就是尽量不打扰汤川。

车还停在原先的位置,上面居然没有被贴罚单。草薙掏出钥匙,打开了驾驶座一侧的门。汤川却没有上车的意思。

"不好意思,你先回去吧。"汤川说,"我想散散步。"

"我想和你一起散步,难道我在不方便?"

"是的,我想一个人走一会儿。"汤川直率地说。

草薙十多年前就知道,这个人一旦这么说话,别人再说什么也没用。"好吧,那我等你电话。"

"嗯。"

草薙坐进车里,发动了引擎。他从后视镜里看见汤川又朝原路返回了。"红色的线吗……"他嘟囔着,脑子里却冒不出丝毫灵感。

5

"……就像是等待暴风雨来临的时候。先是等待时的寂静，然后感觉到空气里最微弱的压力使气流不时扰动，带着暗影和云雾，吹拂整片大地。这变化压迫着你的耳朵，在等待暴风雨的时间里，你焦躁不安——"

他从书中抬起头，叹了口气。读得很糟糕，精神根本无法集中，总是想着别的事。不用说，这个"别的事"只有那一件。

他站在窗边，拉开了窗帘。那个夜晚发生的事和那场惨剧，在他的脑海里复苏了。

真的……燃烧起来了。他做梦也没想到竟会变成那样。有一瞬间，他几乎无法相信眼前发生的事，但那就是事实。

他闭上了眼。自那晚以后，这片街区又恢复了宁静。令人感到讽刺的是，如今他竟无法享受这种静谧了。每当晚上独自在房间里，他就如同落入无边的黑暗，被孤独感和恐惧侵袭。

忽然，他像想起什么似的，走到音响前，换了一盘磁带，然后按下播放键。

音响里传来开朗的声音。"哥哥，你好吗？我是春子。寄来的东西收到了。谢谢你给我寄了这么多有趣的小说。因为你，我也迷上了小说。上次你寄来的帕特丽夏·康薇尔的'首席女法医'系列看得我紧张死了。这次你给我的小说里好像也有康薇尔的，我真高兴。就是这样一来，我都有点睡眠不足了。哥哥，你没有感冒吧？妈妈前几天发烧了，三天前才退烧，现在已经好了，你不用担心。我也非常好。最近他们经常嘲笑我特别能吃，我也感觉自己的肚子上长了肉，不过就一点点，没关系。你下次什么时候回来？到时候给我写信啊。我知道你工作很辛苦，加油哦。"

背景音乐是妹妹喜欢的女歌手的歌声，他一直听到歌声结束才关上音响的开关。

他望着寂静的黑夜，故乡的街景却如在眼前。那是他牵着妹妹的手在街上散步时，遇见的每个人都会善意地向他们问好的温暖故乡。

我离开故乡，可不是为了碰到这种事，他在心中低语。

6

那个人来的时候，他已经结束一天的工作，正准备关掉总闸。他根本没注意到那人是从哪里、又是什么时候进来的。突然，身旁响起一个声音："打扰一下。"前岛一之吓得心脏几乎都要停跳了。

那人站在搬运大型设备时才会打开的卷帘门内侧。他个子很高,也许是戴着眼镜的缘故,给人一种文弱的感觉。如果仔细打量,则会发现他双肩结实,双手也显得很有力。

前岛没有做出要问对方有什么事的动作,只是露出戒备的眼神,微微朝那人点了点头。那人低头致意。

陌生人到厂里来,这还是第一次。这个小工厂包括厂长在内,一共只有三个人。今天厂长还因为要去客户那里,提前离开了,唯一能指望的同事又因感冒卧床在家。

"有个工作想委托给你们,我听说这里可以进行精密加工。"男人的语气中听不出任何感情,令人毛骨悚然。

前岛有些不知所措,他完全不知道该如何应付这位不速之客。

见前岛没有回应,那个男人就一直看着他,一副不达目的不罢休的架势。

前岛只好拿过工作日志,在今天那栏里写下"我是哑巴,不能说话",递给男人看。

男人对此并未说什么,表情依旧没有变化,说道:"正式的订单以后再下。我想先确认一下你们是否能按我的要求加工。你是实际操作的人吗?"

前岛点了点头,指了一下自己,又竖起两根手指。

"哦,还有一位,是吧?没关系,你在就可以。我可以看一下机器吗?"

前岛点头。他见过厂长给客人介绍的情景,而且这里也没有什么不能给外人看的东西。

男人的脚步出奇地缓慢,他先走近旁边的一台机器。"哦,有两台电火花加工机和两台线切割机,都是 M 厂出产的啊,还带数控系统。"

前岛听了,连忙在工作日志上飞快地写了一行字,递到男人眼前。

男人念道:"都是老机型,无法进行复杂加工。"他脸上闪过一丝笑意,大概是觉得特意这样谦虚地拒绝很奇怪吧。

前岛却觉得事先说明不是坏事。真接下一项无法胜任的工作,最后为难的还是身为工人的自己。

这家小工厂名叫"时田制作所"。不用说,时田就是厂长的姓氏。这里的设备都是厂长从曾任职的重型机械厂低价购买来的,虽早已过了使用年限,对加工零部件的时田制作所来说却是如获至宝。

"金属丝是零点四毫米的?"男人看着线切割机问道。

前岛点了点头,对男人如此了解感到佩服。

线切割机其实就是利用电能的钢丝锯,只不过钢丝锯是用刃部切割工件,而线切割机是用金属丝发出的细微电流将工件熔断的。通过将电流调小,可使加工精度达到微米级别。

"你看看这个,能加工吗?"男人从上衣口袋里掏出一张坐标纸,上面用复杂的线画出了一个零件的形状。从标注的加工精度等要求来看,男人绝非外行。

真是个精密的零件,前岛看着图纸想。棱角部分的精度要求太高了,他歪着头,指着那里,表达出自己的想法。

"这里还是太复杂了吗?如果不行,你们尽力做就好。"男人沿着墙边踱步,仔细打量室内。看见放在架子上的一个零件时,他立刻拿起来端详。那是某公司定制的汽车零件样品。

前岛敲了敲旁边的桌子,男人惊讶地回过头来。前岛指着架子,比画了个触碰的样子,然后双手交叉做出禁止的手势。

男人马上明白了他的意思。"啊,抱歉。金属制品不能直接用手触摸,手上的盐分容易使它生锈。"男人说着,连忙把手里的零件放回原处,"怎么样?应该可以帮我做吧?"

前岛指了指图纸上的几个地方,然后用拇指和食指在眼前比出约三厘米的距离。

"啊,是吗?你是说把这里的条件放宽一些就可以了?"男人毫无意外的神色,点头道,"那我今天先把图纸拿回去,明天再来吧。"

前岛觉得这样也好,于是点了点头,把图纸还给了男人。

但男人接过图纸后并没有马上离开。他看着立在墙边的气瓶,那里存储着各种气体。"其实我还想请教一件事。"似乎察觉到了前岛的目光,男人竖起食指说。

前岛凝神倾听。

"也许这么问有些奇怪,以前用这种电火花加工机或线切割机的时候,有没有发生过什么特殊的现象?"

这问题确实古怪，前岛歪着头，显得有些疑惑。

"我是说，"男人挥动着右手，"有没有出现过等离子体？"

前岛不禁瞪大眼睛。

"电火花现象和等离子体密切相关，所以我才这样问。"

于是前岛在那本日志的背面写道："是和花店街的事故有关吗？"然后拿给男人看。

"嗯，算是吧。"男人苦笑道，随即把手伸进上衣内兜，拿出一张名片，"这是我的名片。最近我们圈子里也在讨论这件事。"

原来这个男人是知名大学的物理系副教授，这让前岛稍有些紧张起来。

"我今天来委托你们测试加工，也想顺便请教一下，也许对我们的研究有用。"

前岛点了点头，又在日志后面写道："从来没有出现过您说的那种现象。"

"就是说没出现过等离子体？"

前岛肯定地点了点头。

"这样啊。"男人露出遗憾的表情。

前岛又写下一行字："真的是等离子体吗？"

"我们都是这么认为的，不过现在还缺乏关键的证据。"

什么证据？前岛面带疑惑地看着他。

"等离子体现象容易在同一场所发生。如果那附近再发生一次同样的现象，就确定无疑了。"男人敲了敲气瓶，然后面向前岛，"抱歉打扰了你的工作。关于加工精度我再考虑考虑，随后再来。"

随时恭候——前岛边想边低头行礼。他很喜欢对方对待自己如同平常人的态度。

大学物理系副教授抬了抬手，从卷帘门旁边的小门走了出去。

7

走出时田制作所，汤川先经过草薙的车，确认四周无人，才坐到了副驾驶座。

"情况如何？"草薙问。

"还不知道。反正我已经把机关的开关打开了。"

"什么啊？听起来不太可靠。"草薙说着发动了汽车。继续在这里磨蹭，要是被前岛看见，就前功尽弃了。

"人的行为有时未必是合理的，倒不如说，很多情况下恰恰相反。"

"这我明白。不过，你是怎么注意到这个工厂的？如果你已经明白了那个怪异现象的真相，就告诉我吧。"

"这个嘛，与其让我告诉你，不如你自己亲自看看。不是说百闻不如一见吗？"

草薙咂了咂舌。"又卖关子！"

"放心，如果我的想法没错，恐怕最近就能再看到那个现象。到时再告诉你我为什么注意到这家工厂吧。"汤川的口吻听上去十分自信。

真能吊人胃口，草薙撇着嘴，心想。

今天午后，汤川打来电话，说要和草薙去某个地方。两人见面后，他就带草薙来到了时田制作所。

工厂距事发现场不远。从现场走二十米左右，向左拐进小巷，走到头就是厂房。小巷入口正对着工厂的窗户。

汤川让草薙记住这个地方。"最近还会出现那种奇异的现象，到时需要立刻调查这里。"

"你怎么知道那种现象会再次出现？"

汤川若无其事地说："因为我设置了一个小机关，能让那种现象产生。"

"小机关？什么小机关？"

"跟我来就知道了。不过，千万不能让别人知道你是警察。"

两人并肩向厂房走去。刚到门口，草薙就闪身躲开了，因为他看见坐在车间里的人正是之前他询问过的那个不能说话的年轻人。

"看来他住在案发现场附近？"两人暂时回到车里后，汤川问道。

"非常近。打开窗户往左下方看,就能看到现场。"

"这样啊。"汤川说着,打开车门。

"你去哪儿?"

"这还用问?我一个人去,你一来,事情可能就不好办了。"

"你准备去干吗?"

"我说过了,机关哪。"汤川扬起一边的嘴角笑了笑,随后下了车。

真想看看他的脑袋里面装的是什么,草薙握着方向盘想。他完全不明白汤川是怎么推理,又是根据什么预言那种现象会再次发生的。他只知道,目前只能照对方说的做。

汤川预言后的第三天,那个丁字路口又一次发生了奇异事件。

情景与第一次非常相似,自动售货机旁边的一个纸箱突然起火。不过,这次没有受害人。

目击者倒是有,就是三天前便开始密切监视这附近的刑警——草薙。

一开始,他都没意识到发生了什么,等想到这就是奇异现象时,他毫不迟疑地向那家小工厂跑去。

接着,草薙发现了一些东西。当时,他自然还不知道那是什么,但直觉告诉他,肯定与奇异现象有关。他立即转身,回到调查过的那栋公寓。果然,他看见有个人从二〇五室出来。

他马上躲到一边,看着那人向他刚来的方向走去。

草薙跟了上去,他知道那人要去哪里。

等那人进入时田制作所,正要销毁犯罪证据时,草薙喊了他一声。

那人一下子僵住了,然后才慢慢转过身。他脸色苍白,双眼布满了血丝。

"你……"草薙叹了口气。

站在面前的并不是前岛一之,而是金森龙男,那个本应住在一〇五室的年轻人。

草薙心想,这大概也是汤川没有料想到的。

8

盛速溶咖啡的马克杯这一次仍然洗得不太干净。不过,看在以后还要和这个人打交道的分上,也只得习惯才行,草薙想。"真没有想到,原来是激光啊。"他放下杯子感叹道。

"准确地说,是二氧化碳激光。"汤川点着头纠正道。

"怎么?激光还分好多种吗?"

"是的。具有代表性的有二氧化碳激光、YAG 激光、玻璃激光等等。"

"激光这个词倒是经常听说,但我还以为生活中不太常见呢。"

"CD机就利用了激光。不过说到可以烧伤人的激光,感觉科幻电影里才有。"

"你是说激光枪?可是那家工厂里的设备还说不上是枪吧?"

时田制作所里的激光设备,是个和卡车差不多大小的箱子。据厂长说,这也是他从就职过的工厂那里廉价购置的,主要用来切割或焊接钢板。

"如果想输出大功率的激光,需要含二氧化碳的激光气体高速流动,同时让高压电稳定地放电,所以设备必然比较大。尽管如此,也只能切割几厘米厚的钢板。"

"可是007能用手枪大小的激光枪射穿装甲车呢。"

"再过一百年也到不了那种程度。"汤川断言道。

"对了,"草薙抱着胳膊,凝视着曾经的羽毛球社好友,"你是什么时候察觉到的?"

"察觉什么?"

"激光啊。你很早就知道了吧?"

"啊……"汤川微微张开嘴,"刚听说死者是后脑先着火,我就隐约地想到了这个可能,在得知有那条红线时就确认了。"

"这个我也必须问,那条红线到底是什么东西?"

"不是什么了不得的东西,就是氦氖激光而已。"

听了汤川的回答,草薙露出厌烦的表情。"又是激光!"

"别这么不耐烦,你应该不陌生。歌手开演唱会的时候不都要用到激光吗?就是它。"

"激光怎么会出现在那里？"

"使用激光设备时，最重要的是调试光线的路径。否则，激光不仅无法对准目标，而且还不知道会打到哪儿去。调试时使用高功率激光是非常危险的，所以一般都会使用无害的激光，也就是氦氖激光。"

"那么，案发现场附近出现的红线，意味着……"

"可能是嫌疑人为调试二氧化碳激光的路径，先使用氦氖激光进行了试验。我便推断附近必定会有放置激光设备的场所，于是在周围找了找，没想到很快就发现了那个工厂。我去的车间没有激光设备，但架子上有个零件是用激光切割加工的，因为它的截面上有细小的皱纹。不仅如此，车间里还存放着发射激光所必需的二氧化碳、氦、氖的气瓶。我立刻就知道车间里一定会有一台激光设备。"

从丁字路口往前走到下一个路口，再向左拐走到头就是工厂。奇异现象再次发生后，警察立即赶到现场。当时厂房的窗户大开，一台激光设备正对着窗外。

"激光不是只能沿直线射出吗？"

"因为使用了镜子。如果从工厂直接发射激光，就会命中第一个拐角处的电线杆或其他东西。如果在那里设置一个专用的镀金的镜子，调整好位置，就可以反射到丁字路口了。要知道，黄金对激光的反射率将近百分之百。"

"调整位置时使用的就是氦氖激光吧？"

"没错。"

"那为什么一会儿能看见,一会儿又看不见了呢?"

"一般来说,激光用肉眼是看不到的。但是当它投射到某物上,就能看到反射光。氦氖激光就是在烟雾中呈现出红线效果的。那个小女孩能看见红线,大概是因为当时空中碰巧有烟尘吧。"

"嗯……"草薙似懂非懂地挠了挠头。

"不过,真没想到另一个工人才是凶手。我原本认定前岛才是作案者,因为我听你说他就住在附近。"

"可是另一个工人也住在同一栋公寓里。"草薙说的是金森。他后悔在第一次见面时没有询问他们的工作单位。

幸亏前岛把汤川的话传达给了金森,计策才得以成功。如果这一步出了岔子,汤川特意设下的机关就毫无意义了。

"我还是有个地方想不通。"汤川说道。

草薙不由得笑了起来。"你说的是那两个人为什么互换了房间吧?"

"对。本来金森住在一楼,前岛住在二楼。案发当天却正好相反。"

"没错。"

草薙问前岛事发时在哪里,前岛指了指地板,草薙理所当然地理解为他就在这个房间里,其实他的意思是在楼下的房间。

"为什么?从二楼俯视现场更方便,金森用什么合理的理由向前岛借了房间吗?"

"不,不是。他们经常互换房间。"

"为什么?"

"这个,就是作案动机了。"草薙故意慢悠悠地喝了一口咖啡。偶尔吊一下别人的胃口感觉很不错,他想。

一切都始于金森参加的"声音志愿者"活动。这个活动是为盲人服务的。志愿者从图书馆借来书,朗读并录成磁带。这份工作不是谁都可以胜任的,必须经过专门的训练。金森也是经过了半年左右的培训才能正式录音。

"金森的妹妹是个盲人,他因此才参加了这个活动。但并非只要接受过培训就行了,因为组织里没有专门的设备,基本都需要志愿者自己准备。一般的录音机就可以,但话筒必须是专业的,金森便只买了专用话筒。"

"只买了话筒……原来是这样。"汤川点了点头,看上去已经明白了。

"没错。金森录音前会向前岛借音响。他录音时,前岛就去他家。"

前岛也是残疾人,自然很支持金森的行为。他在金森家看电视时也戴着耳机,目的是防止录音中混进杂音。

"另外,去前岛家还有一个便利之处,就是大量的书。其实,金森用来录音的大部分书都是前岛的,事发当天他读的《火星纪事》也是。"

"对于他的志愿者工作,这个房间真是太理想了。"

草薙赞同地点了点头。"是啊,直到那些年轻人出现。"

"那些人啊……"汤川不快地皱起眉。

据金森说,那些骑摩托车的人制造出噪音,导致最近根本无法录音。每次录音时,总是在关键的地方响起摩托车发动机的声音。

"他因此非常恼火,决定杀人吗?"

"不,他说并不想杀人,只是打算引燃塑料桶里的汽油,吓唬吓唬他们而已。"

"没想到有人站在塑料桶前,结果激光打到了这个人的后脑勺,导致了这一切。"

"首先烧到的是延髓,所以山下良介几乎是当场死亡。"草薙转述医生的判定。

"山下倒在地上后,激光才按照原路径点燃了塑料桶。"汤川推了推眼镜,"金森是远程操控激光设备的吧?"

"他用的是电话。那台激光设备可以由电脑控制,电话按键音以某种模式传送后,与电话线连接的这台电脑就能启动了。"草薙看着记事本念道,心里却不理解这些话的意思,"为此,他还把无绳电话的子机拿到了前岛家,因为前岛家里没有电话。"对于无法出声表达的前岛来说,电话除了能唤起他的焦躁外,没有任何用处,所以最适合他的通信工具就是呼机了。

"因此,金森无法实施更灵活的操作,等他发现有人处于光轴上,大概为时已晚。"

"他是个不幸的人。"草薙颇有感触地说,"先是因为噪音令录音工作难以进展,事发后又承受着失手杀人的心理压力,嗓音总是发抖,也没法继续录音了。"

"我好像可以理解他。"

"我逮捕他时,他求我一件事,你猜是什么?"

"什么?"

"他说想录一本童话故事,觉得现在可以顺利朗读了。"

"童话啊……"

二人不约而同地不再说话。

过了一会儿,汤川伸了个懒腰,站起身来。"再来一杯速溶咖啡吗?"

"好。"说着,草薙把马克杯递给了他。

第二章

复刻

1

藤本孝夫转动了一下发僵的脖子，听到嘎巴的声音，大概是因为同一个姿势保持太久了。他看了看一动不动的浮标，转头瞪着旁边打了个大哈欠的山边昭彦。"喂！山边，你又被人耍了吧？这种地方不可能钓到鲤鱼啊。"

山边望向一直没有动静的水面，歪着头说："不对啊，我明明在齐藤家看到了，他家的鱼缸里养着他在这儿钓到的鲤鱼呢。"

"是在别处钓到的吧？你被齐藤那家伙骗了。"

"是吗？"山边依然歪着头。

二人正在上初中，是同班同学，因为家离得近，从小就在一起玩。特别是两人都喜欢钓鱼，大概是受到各自父亲的影响。

初一时同班的齐藤浩二告诉山边，从山边住的街区骑车约二十分钟到达自然公园的葫芦池，能钓到鲤鱼。

"他骗人吧？那种池子里怎么可能会有鲤鱼？"藤本孝夫立刻说。

"据说曾有人在那里养殖鲤鱼，不管是当时存活下来的，还是后来繁殖的，总归是有几条的。一般很难钓上来，不过鲤鱼为了准备过冬，秋天时会吃很多食，只要选好位置，还是可以钓到的。"当时山边这样解释道。

虽然半信半疑，但也不是完全不可能，而且二人好久没有去钓鱼了，于是他们约好周日一起来到葫芦池边。

结果却如藤本孝夫所料，别说鲤鱼，连一条鱼的影子都没看见。这也难怪，孝夫看着眼前的景象不禁叹了口气。这里几乎可以用惨不忍睹来形容，池塘和学校的游泳池差不多大，只是形状稍狭长，中间向里凹，这就是"葫芦池"的由来。周围杂草丛生，又远离自然公园的步行道，就连附近居民都不知道这里有池塘。听说以前这里还有水黾、豉甲等昆虫，现在看来，实在无法想象——泡沫塑料包装之类的垃圾漂浮在水面上，一层灰色的油膜仿佛将这些垃圾包裹了起来，还有一些建筑废料、像机器零部件的金属制品等也被胡乱丢弃在池边。

藤本心想，对于从步行道绕路而来的郊游者来说，这里不过是个巨大的垃圾箱，而在那些更不讲道德的人看来，这里就是一个便利的大件废品丢弃场。他收回鱼线，开始收拾鱼竿。"没戏了，回去吧。"

"真的钓不到吗？"山边还有些不甘心。

"不可能钓到的，别浪费时间了。与其在这儿钓鱼，还不如在家打游戏呢。"

"也对。"

"就是嘛，走吧！"藤本整理好钓具，站起身来。

"我被骗了？"

"这是当然啊。"

山边仍嘟嚷着看向池塘。

"你真是笨蛋！"藤本骂道。

正在这时，山边的语气突然变了，问道："咦？那是什么？"

"什么？"

"就是那个。你看，右边漂着一个发光的东西。"

藤本朝山边指的方向看去，只见一个约三十厘米长的扁平物体漂在水面上，在阳光下闪闪发光。"是不是锅？"他说，"便利店卖的那种装锅烧乌冬面的东西。没必要大惊小怪。"

"是吗？可看着怪怪的。"山边起身掸了掸牛仔裤上的土，拿着钓竿沿池边走去。

藤本不耐烦地跟了上去，他觉得山边肯定是因上当受骗还把朋友带到这种地方来而感到不好意思，才故意说些莫名其妙的话。

走到离那个东西相对近一点的地方，山边停住了脚步。那东西离池边两米左右,旁边漂着牛奶盒。

山边用钓竿把它拨到手能够得着的地方,藤本也看清了那个东西。

"这是什么?"

"应该不是便利店的铝锅之类的吧。"山边说着,把那个奇怪的东西拿了起来。

2

看到走上舞台的四名少女,观众席上的草薙不禁睁大了双眼,因为她们怎么看都不像是十三四岁的孩子。她们不仅化着浓妆,妆容还根据各自的相貌化成了成熟且颇具女人味的样子。她们的穿着异常大胆,但因身体发育得成熟,穿如此暴露的服装也并无滑稽感。身为警察,草薙觉得即使在闹市区看到这样打扮的女孩,也不会上前进行教育了。

节奏感很强的音乐响起,四名少女跳起舞来。草薙再次大开眼界,有一瞬间,他都忘了自己是在学校的体育馆。

"这帮孩子是来学校干吗的?难道是为了学习怎么进入色情行业?"草薙低声对邻座的姐姐森下百合说。

"这种程度就让你惊讶了?"姐姐望着舞台说,"这儿还有女生勾引老师呢。"

"真的？"

"美砂告诉我的。她说去年有一个毕业生跟老师发生了关系，还怀孕了。"

草薙吃惊得说不出话来，连连摇头。

昨晚，姐姐邀请他参加外甥女学校的文化节。其实是姐姐想把外甥女的演出拍下来，可是又不会用摄像机，便找他来当摄影师。今天是周六，姐夫却突然接到任务出差了。

就这样，草薙拿着摄像机跟姐姐来到学校。走进体育馆，看到海报后他立刻大吃一惊，因为上面写着"舞蹈冠军赛"。他还以为是来看话剧呢。

"快，下一场就是美砂了。"百合捅了捅草薙的膝盖，草薙连忙拿起摄像机做好准备。

主持人报幕后，上来了五名少女。隔着镜头看到外甥女后，草薙又一次瞠目结舌。少女们身着大红色旗袍，两边的开衩都快高至腰部了。

会场上口哨声四起。

"现在的女孩都是这样的。"走出体育馆时，姐姐百合说。

"我能想象姐夫苦恼的样子。"

"他现在可能也习惯了吧。不过，不久前父女俩还老吵架呢。"

"我真同情他。"

姐姐笑了起来。身为母亲，她似乎对女儿长大没有那么抵触。

"我去叫美砂过来，一起吃饭吧？我请客，就当作让你来拍摄的谢礼。不过，这附近只有家庭餐馆。"

"也不错啊。"

"那你在这里等一下。"

目送姐姐返回体育馆后，草薙注意到了旁边的剑道馆。门前的招牌上写着"奇异物品博物馆"。为了消磨时间，他向入口走去。

草薙从百无聊赖的前台人员面前走过，进入馆内。里面竟真的陈列了一些怪异的物品："甲子园的土烧成的砖"上有好几个小洞，说明上写着"赛场失意的棒球队员们的泪水滴穿土地形成了小孔"；还有不知从哪里捡来的旧毛毯，说明上写着"飞毯（但因超过飞行时间已退役）"。

草薙越看越觉得自己是在浪费时间。让他驻足的，是墙上挂着的一件展品。

那是一张石膏塑成的人脸。说明上写的是"僵尸的死亡面具"，样子是闭着眼睛的男子的面容。额头中央有一个黑痣模样的圆形突起。看不出年龄，但明显不是初中生。

作品非常写实，草薙推测这不是塑成的，而应该是用橡胶之类的材料在真实的人脸上取模，然后用石膏浇注而成的。最近市面上出现了几分钟内即可凝结的橡胶。

但是，草薙看着石膏面具，一股异样的感觉袭上心头。他不知道心中的不安从何而来。想了一会儿，他明白了原因。他是一名刑警，且隶属搜查一科，负责的都是命案，自然经常见到尸体。死者有独特的表情——这是他从以往的工作中得到的经验——那是与活人闭着双眼的脸孔截然不同的样子。并不是脸色、皮肤的光泽度等物理性质上的不同，而是整张脸散发出的气氛好像完全来自另一个世界。

这副死亡面具上就散发着这种气氛。但草薙又觉得不可能：一个初中生不可能会用死人的脸制作出一副令人毛骨悚然的石膏面具。应该只是巧合，他试图说服自己，好像不这样做，就无法平静下来。

草薙随意浏览着其他展品，向出口走去，但还是很在意那副死亡面具。

这时，两名女子走了进来，二人看上去都在三十岁左右。她们没有朝草薙的方向看，径直快步向里面走去。这么迫不及待的样子，并不像是为了参观初中生的这些充满调侃之意的展品。草薙不禁停住脚步，目光追随着她们。

两名女子径直冲到了那副面具前。身穿套装的女子说道："就是这个。"

穿连衣裙的女子没有马上回应，只是一动不动地面对着那副面具。但她的神色绝非寻常，这从旁边一直看着她的女子变得苍白的脸色上就能得知。草薙还发现穿连衣裙的女子肩膀在微微颤抖。

"真的……就是？"穿套装的女子问。

穿连衣裙的女子弯下腰，用呻吟似的声音说道："是我哥，没错……"

穿连衣裙的女子叫柿本良子，在东京一家保险公司工作。穿套装的女子是这所学校的音乐教师小野田宏美。二人是同学。

"这么说，是小野田女士先看到了这副面具，觉得很像柿本进一先生，对吗？"草薙看着自己记事本上记的内容，确认道。

"是的。"小野田宏美坐得笔直，点了点头，"我先生和柿本先生很早就认识，还一起打过好几次高尔夫。我听说前一阵柿本先生失踪了，一直非常担心。"

"那你发现这个东西的时候一定吓了一跳吧？"草薙用手里的圆珠笔指了指桌上的石膏面具。

"是啊……"小野田的喉头动了一下，像是咽了一口唾沫，"我真不敢相信。但实在是太像了，连黑痣的位置都一样，所以我觉得必须告诉她。"小野田转头看向坐在旁边垂着头的柿本良子。

"确定是你哥哥吗？"草薙问柿本良子。

"是的。"眼眶一直通红的柿本良子低声回答。

草薙双臂环抱在胸前，俯视着那副死亡面具，不禁陷入了沉思。

他们正在这所中学的接待室里。草薙刚才见那两名女子看到面具后的反应不同寻常,便主动上前询问。二人的回答让草薙觉得面具可能和什么案子有关,于是决定再问问详细情况。原来,那副死亡面具酷似今年夏天失踪的柿本进一的面容。

草薙转向坐在离他们稍远的折叠椅上的瘦瘦的中年男子。他是创立这座"奇异物品博物馆"的理科俱乐部顾问老师,姓林田。

"关于这副面具,您知道些什么吗?"草薙指着面具问道。

林田马上挺直腰板。"嗯,啊,这……我一无所知啊。展览的一切事宜都是交给学生们做的,因为我们重视培养学生的自主性。"用这么急于解释的口吻,大概是怕事情演变成什么责任问题吧。

此时,传来一阵敲门声。林田起身去开门。"正等你们呢,进来吧。"

在林田的催促下进来的是两名男生。二人有着这个年龄段的男生多见的细瘦身材,一人戴着眼镜,另一人额头上长了许多粉刺。

两名男生分别叫山边昭彦和藤本孝夫。戴眼镜的是山边,他手里还拿着一个方形纸盒。

"这是你们做的吧?"草薙来回打量着二人。

两名初中生对视了一下,都轻轻点了点头,露出困惑的表情。

"这张脸的样子是怎么做的？"草薙接着问，"应该是把石膏浇注到面具里面制成的吧？"

山边挠了挠头，嗫嚅道："是我们捡来的。"

"捡来的？"

山边打开方形纸盒的盖子，把里面的东西递到草薙眼前。

"这是……"草薙睁大了眼睛。

那是一副金属面具，准确地说，是和人脸的凹凸正好相反的面具。可见，那件展品是在这副金属面具上注入石膏，凝固后制成的。

草薙看不出是哪种金属，只知道厚度和装饮料的铝罐差不多，呈现出的相貌则毫无疑问和石膏制的死亡面具是同一个。

"你们是在哪里捡到的？"草薙问道。

"在葫芦池。"山边回答。

"葫芦池？"

"就是自然公园里的一片池塘。"藤本从一旁插话道。

根据二人的解释，他们是上周日捡到金属面具的。用它制作死亡面具是山边的创意，结果做得非常成功，便决定作为他们参加的理科俱乐部的展品。

"那里还有其他类似的东西吗？"

"没有了吧？"山边像在征求藤本的意见，藤本无声地点了点头。

"池塘有什么不对劲的地方吗?"

"不对劲的地方?"

"就是和平时不一样的地方。你们有什么发现?"

"我们平时不会去那里。"山边噘起嘴。藤本似乎没有要开口的意思。

草薙看向一直不安地注视着二人的柿本良子。

"听到葫芦池这个名字,你有什么线索吗?你哥哥是否常到那儿散步?"

"我没听说过。"柿本摇着头说。

草薙搓了搓脸,视线又回到刚才记录的内容上。他还无法断定是否应将这件怪事当作案件来考虑,这自然也不该由他做出判断,但他应该如何向上司汇报呢?

"嗯……警察先生……"林田委婉地说道,"如果这副面具的原型真是这位女士的哥哥,呃……是不是有什么问题啊?"

看上去十分怯懦的林田说到这里时,敲门声再次传来,他应了一声。

门开了,一名男子探进头来。"不好意思,有位柿本女士……"

"是我嫂子。"柿本良子马上说。

草薙点了点头。来这里询问情况前,他让良子联系了柿本太太。"请她进来吧。"草薙对男子说。

没等男子回答,门就猛地被推开了,一个女人冲了进来。她看上去三十五岁左右，没有化妆，长发草草地束在脑后，看来是急着赶过来的。

"嫂子，这……"柿本良子指着石膏面具。

女人眼睛里充满了血丝。一看到面具，她充血的双眼顿时瞪得更大了。"和我老公……"

很像吗——草薙差点问出口，然而他知道没必要再问了。只见那个女人右手捂住嘴，呻吟着瘫倒在地。

3

研究室的门上照例贴着去向告知板，上面代表汤川学的磁片贴在"在室"一栏。草薙敲了敲门。

"请进。"里面传出声音。

开门的一瞬间，左面传来砰的一声轻响。草薙看向声音传来的方向，发现一个救生圈大小的白色烟圈正缓缓飘来。他"啊"了一声，不禁跟跄了一下。随即又是砰的一声，只见同一个方向又飘过来一个和刚才一样的白圈，还能闻到一股蚊香的味道。等眼睛适应了室内的光线，他看见昏暗的房间一角放着一个大纸箱，正面有一个直径十几厘米的洞。身穿白大褂的汤川学正站在箱子旁，袖子挽到了手肘处。

"这是迎宾用的狼烟。"汤川说着，敲了敲箱子的背面。

白烟随即从箱子正面的洞里喷出,形成一个甜甜圈的形状,向草薙飘来。

"这是什么?又是某种装置吗?"

"不是。只不过是在箱子里放了蚊香而已。等到里面充满了烟,拍一下箱子,就会冒出烟圈。你们这些烟民中不是有人很喜欢吐烟圈吗,和这个原理是一样的。说到流体,真是能引发不少有趣的现象。我认为,世上某些奇异现象就是流体的恶作剧。"说着,汤川按下墙上的开关。昏暗的室内立刻被荧光灯照得通明。

"要是你能解决我带来的奇异事件,那就帮大忙了。"草薙说。

汤川在铁管椅子上坐下来。"你今天带来了什么样的奇异事件?有亡灵出现的?"

"你的直觉还真灵。"草薙打开运动包,取出装在透明塑料盒里的东西,"这可是亡灵的面具。"

看着盒子里的金属面具,汤川挑起了一侧的眉毛。"我看看。"他伸出右手。

"是铝制的。"汤川一拿过来就说道。

"我第一次见到的时候就知道。"草薙的鼻孔微张着。

"是啊,大概连小学生都知道。"汤川干脆地说,"为什么说是亡灵的面具?"

"这是件怪事。"

草薙向汤川讲述了在外甥女的学校发生的事。物理系副教授则靠在椅背上,两手交叉垫在脑后,闭着眼睛听着。

"这么说,面具的主人是一个已经失踪的男人?"听完后,汤川问。

"嗯,应该是的。"

"为什么这么确定?"

"因为已经发现了尸体。"

"尸体?"汤川直起身,"怎么发现的?"

"从葫芦池里打捞上来的。"草薙说道。

三天前,尸体被打捞了上来。由于柿本进一的妻子昌代和妹妹良子都确认面具原型就是进一无疑,警方立刻对葫芦池展开搜寻,几小时后发现了尸体。

尸体腐烂严重,从衣着已无法确认身份。但是,通过牙齿的治疗痕迹,警方很快断定就是柿本进一。

"为什么池塘里会有死者容貌的面具呢?"汤川眉头紧锁,问道,"而且还是金属的。"

"就是不明白这一点,我才来找你的嘛。"

闻言,汤川轻轻哼了一声,用中指推了推眼镜。"我又不是通灵师,更不是能回到过去的时间旅行者。"

"但你能帮忙找出面具的真相吧?"草薙拿起金属面具,"我们有两点不明白:第一,它是怎么做出来的?第二,凶手为什么要做这个东西?"

"凶手?"汤川皱了皱眉,凝视着老同学,缓缓点了点头说,"原来如此。如果不是他杀,搜查一科的刑警也不会这么着急。"

"已经发现死者的头部一侧有凹陷,推测是被相当重的钝器重击所致。"

"凶手是个男人?"

"或是一个臂力很大的女人。"

"你不是说面具的主人有妻子吗?她或许就是凶手,真凶就在身边,还是个女人,这不是推理小说惯有的情节吗?"

"死者的太太身材矮小,看上去也不像有力气的样子,应该不会是她。不过,我也不打算无条件地把她排除在嫌疑人名单之外。"

"妻子杀死丈夫后,为了留念,做了一副死亡面具,然后把用来做面具的铝制模型和尸体一起抛到了池塘里。这样解释倒也说得通。"汤川从草薙手中接过金属面具,细细打量起来,他虽然在调侃,目光却恢复了科学家该有的样子。

"就算只推理出它是怎么做出来的也好啊。"草薙看着汤川说道。

"警方应该已经研讨过了吧?"

"我问过鉴定科的人,他们做了许多次实验。"

"比如说?"

"最初,他们尝试用同样薄的铝片直接按在人脸上取模。"

"有意思。"汤川笑了笑,"结果如何?"

"根本行不通。"

"这是肯定的吧?"汤川笑了出来,"如果这样就能给人脸取模,蜡像师就能省去不少功夫了。"

"不管怎么小心翼翼地操作,脸部的肌肉都会变形。说得极端一点,这样取下的人脸模型,就像是套着丝袜的模样。所以我们就想,或许是因为从活人的脸上取模,用这种方法才行不通。如果在已死的人脸上,可能会成功。"

"因为人死后会变僵硬。"汤川点着头说道。笑容已经从他脸上消失。

"用真正的尸体可能不太合适,所以我们用其他案件中的脸部复原模型做了实验,却做出了似是而非的成品。"

"似是而非?"

"模样像人脸,但遗憾的是,没有这副面具做得这么完美。"草薙指着汤川手中的金属面具说,"具体来说,是无法像它一样精确地表现出细节的凹凸。如果使用更薄的材料,比如铝箔之类的东西也许效果好一些。这种厚度的材质则很难办到。"

"这副金属面具如果是铝箔制成的,恐怕无法一直到现在还保持原样。"

"总之,鉴定科的结论是,需要在铝材上始终保持足够强劲且均匀的力度才能制成。"

"我也同意。"汤川把金属面具放在桌上,"你们在制作技术方面陷入了迷阵。"

"确实如此。"草薙承认道,"怎么样?物理系的汤川老师也束手无策吗?"

"你的激将法对我可没用。"汤川起身向门边水槽旁的台子走去,"来杯咖啡?"

"我就不要了,反正也是速溶的。"

"不要看不起速溶咖啡。"汤川把一看就很廉价的咖啡粉倒入依然没有仔细清洗过的马克杯里,"在制作技术上,需要不厌其烦地反复试错。很多人可能不知道,现在已经成为商品的速溶咖啡最初是日本人开发出来的。当时采用的是圆筒烘干法,即把咖啡提取液烘干而成。后来麦斯威尔公司发明了喷雾烘干法,速溶咖啡的味道得到提升,消费量也增加了。到了七十年代,出现了真空冷冻干燥法,并且成为现今的主流。怎么样?别看都是速溶咖啡,讲究还挺多的吧?"

"话是这么说,可速溶咖啡还是有点……"

"我想说的是,无论什么东西,都不是轻易就能做出来的。不管是铝制的面具也好,速溶咖啡也好,都是如此。"汤川把热水倒入马克杯,用小勺搅了搅,站着闻了闻,"很香,是科学文明的味道。"

"这副面具上也有香气?"草薙指着桌上问。

"有啊,扑鼻而来呢。"

"那——"

"我有两三个问题。"汤川端着杯子打断道,"葫芦池在哪儿?是什么样子?"

"什么样子……"草薙摸了摸下巴,"就是山脚下的普通小池塘。特点是非常脏,到处都是垃圾。周围杂草丛生,附近还有步行道,那一带现在是自然公园。"

"有人在那里狩猎吗?"

"狩猎?"

"有没有背着猎枪的猎人在那附近出没?我说的不是霰弹枪,而是来复枪。"

"来复枪?你在开玩笑吗?"草薙笑着说,"那么小的山,哪需要用到来复枪?也没听说动物园的狮子跑出来,更何况那里还禁猎。"

"是吗?果然是这样。"汤川神情严肃地喝了一口咖啡,看上去不是要开玩笑才提到了来复枪。

"来复枪怎么了?刚才我说过,尸体的头部一侧有被钝器重击过的痕迹……"

"这我知道。"汤川摆了摆空着的那只手,"我不是在说死因,而是在想面具的制作方法。不过,看来跟来复枪没什么关系。"

草薙无奈地看着朋友。和他交谈,时常令草薙觉得自己的反应非常迟钝。为什么会提到来复枪,草薙完全摸不着头脑。

"去葫芦池看看吧。"汤川突然说道。

"随时奉陪！"草薙回答。

4

离开汤川的研究室后，草薙和同事小冢约好一同去柿本进一家。因守灵和葬礼等事，他们一直没有机会向死者的妻子昌代了解详细情况。

从国道下来，有一片位于坡路上的住宅区，柿本家在最里面。从院门进去，走上小小的台阶就是玄关。旁边车库的卷帘门放了下来。

柿本昌代独自在家。她看上去有些疲惫，但头发梳得整整齐齐，还化了妆，所以比上次见面时显得年轻一些。可能是因为还在服丧，她穿着暗色衬衫，不过特意戴了一对小小的珍珠耳环，能看出她对装束十分注意。

草薙和小冢被请进客厅。八叠大的房间里放着皮质沙发。墙边的架子上有几个奖杯，从奖杯顶端的图案来看，是参加高尔夫球赛得来的。

柿本进一继承了父亲创立的诊所，生前是一名牙医。诊所的患者可麻烦了，草薙看着墙上贴的奖状心想。

听昌代脸色阴沉地说完守灵和葬礼很辛苦后，草薙转入了正题。"后来您有没有想起什么新的情况？"

昌代右手抚着脸颊，像是在忍耐牙痛。"发现丈夫的遗体后，我又仔细想了想，还是没有头绪。怎么会突然变成这样了呢……"

"关于您先生和葫芦池的关系呢？也没有想起什么吗？"

"没有。"昌代摇摇头。

草薙打开记事本。"我想再确认一遍，您最后一次见到您先生，是在八月十八日，周一的早上，对吧？"

"嗯，应该是的。"昌代立刻答道。她看都没看墙上的挂历，大概这个问题她已经被问过多次。

"您先生当天和别人约好打高尔夫，所以早上六点驾车从家离开。车是……"草薙又看了一眼记事本，"嗯……是黑色奥迪。到此为止，您有没有需要纠正的？"

"没有，正如您所说。那天，住在对门的滨田一家好像要去伊豆。我记得他们也是一大早便开始准备，往车上搬行李。所以应该没错，是十八日。"

"此后您先生一直没回来，第二天白天您向警察局报了案，对吧？"

"是的。我本来以为他打完高尔夫又去喝酒了，喝醉后在外面住了一夜，以前有过一次这样的事。但是等到第二天，他也没有联系我，我便给和他一起打球的朋友打电话，结果对方说根本没有和他去打球。我这才非常担心……"

"就去报案了？"

"是的。"昌代点了点头。

"早上您先生出发后，一次也没给您打过电话吗？"

"没有。"

"那您也没有给他打过？他好像带着手机。"

"晚上我打了好几次，但都没打通。"

"打过去后是什么状态？光听见铃响却没有人接吗？"

"不是，电话里的提示音说对方不在服务区或是已关机。"

"这样啊。"草薙用大拇指不停地按着圆珠笔的顶端，笔尖进进出出。这是他烦躁时的习惯。

在柿本进一失踪后的第四天，他的黑色奥迪车在埼玉县高速公路的辅路上被发现。警方随后对周边进行了搜查，却没有发现任何能反映柿本进一行踪的线索。可以说，警方对柿本进一失踪一事没有进行任何调查。如果不是两个月后两名初中生拾到了金属面具，并借它用石膏做成死亡面具，进而被音乐老师发现面具的样子酷似朋友的哥哥，相关的侦查可能至今还处于停顿状态。

从被发现的黑色奥迪车里找到了柿本进一的高尔夫球袋、运动包和球鞋的鞋盒。车内没有打斗过的痕迹，也没有血迹。另外，根据柿本昌代的证词，并没有物品失窃。

葫芦池距发现奥迪车的地点相当远，估计是凶手为防止尸体很快被发现及扰乱警方的视线，故意将汽车转移到别处的。

"汽车现在停在车库里吗？"草薙问。他正在考虑是否应该让鉴定科的人再调查一次。

昌代面带歉意地摇了摇头。"已经处理掉了。"

"什么？"

"一想起那辆车不知被什么人开过，我就觉得不舒服，而且我也不会开车。"接着，她又低声说了句"抱歉"。

也不是不能理解，草薙想，如果留下那辆车，每次看到难免会带来不好的联想，肯定感到难受。"柿本太太，可能这个问题您回答过多次，也许都被问烦了。您是否能想起来有什么人对您先生怀恨在心，或是能在您先生死后受益，又或者如果他活着就会对某人不利？"草薙不抱希望地问道。

柿本昌代双手放在膝上，叹了一口气。"这个问题我确实被问过很多次了，对此我完全想不到什么线索。这些话由我来说也许有些不合适，但其实我丈夫是个有些懦弱的老好人，别人求他办事，他从来都说不出拒绝的话。连让他买马这种事，他都答应了。"

一直沉默的小冢抬起头。"什么马？是赛马吗？"年轻的刑警兴奋地问。草薙想起他是个赛马迷。

"是的。我丈夫并不是特别喜爱赛马，可是在朋友的极力劝说下，和对方一起购买了一匹。"

"出了不少钱吧？"草薙问道。

"这……"昌代歪着头，珍珠耳环摇晃起来，"我没有仔细问。

可能有一千万吧，我记得听他打电话时说过。"

"这是什么时候的事？是在今年吗？"

"是的，应该是春天的时候。"昌代抚着脸颊说。

"您知道那位朋友的名字吗？就是和您先生一起买马的人。"

"知道。他姓笹冈，应该是我丈夫的病人。那人有些奇怪，我不太喜欢他，可他好像和我丈夫很合得来。"昌代微微蹙着眉。或许有什么事使她对那个人留下了坏印象。

"方便告知他的联系方式吗？"

"好的，请等一下。"昌代起身走出了房间。

"真厉害，居然拥有一匹赛马！"小冢低声对草薙说，"牙医果然挣钱多啊。"也许是想起了看牙的经历，小冢摸了摸右边的脸颊。

草薙没有回应小冢，而是重新看了一遍笔记。这匹马现在在哪儿呢？

5

汤川一直站在那里，双手插在纯棉长裤的裤兜里，镜片后的目光中流露出不悦。"真是过分！"他愤愤不平地说，"今天到这里来，又一次让我见识到我们的道德水平是多么低下！与其说我感到愤慨,不如说是悲哀。"

一旁的草薙看着葫芦池。同打捞尸体那天一样,这里依然到处都是各种废料和大型垃圾。绊住他们脚步的汽车蓄电池,上次来还没有。"这就是日本人干的事,太让人羞愧了。"草薙说。

"这可不能说是日本人独有的。"

"是吗?"

"印度把核电站产生的放射性废料非法丢弃到河水里,苏联也曾把同样的东西倾倒进日本海。不管科技多么发达,只要使用者的内心没有改变,就会发生这种事。"

"只是使用者的问题吗?推动科学技术发展的科学家的内心又如何呢?"

"科学家是纯粹的,否则,戏剧性的灵感就不会造访。"汤川冷淡地说完,朝池边走去。

"真是随心所欲啊。"草薙笑着说道,跟了上去。

汤川站在池塘边,望着水面。"尸体当时是从哪里打捞上来的?"

"就在那边。"草薙指着池塘向里凹的部分,"过去看看。"

在发现尸体的地方附近,大型垃圾和金属废料尤其多,都是打捞时一起从池底捞上来的。每样东西上都牢牢地附着着一层灰色的土,这些土原本是池塘底下的淤泥,现在已经风干了。

汤川看着脚下,目光停在了某处。他蹲下捡起一个东西。

"这么快就有发现了?"草薙问道。

汤川手里拿的是一块边长三十厘米左右的金属片,草薙上次来的时候就看见过几块。

"大概是某个厂家丢弃的废料,我们正在寻找是哪个厂。"

"这好像就是做面具的材料。"

"鉴定科也是这么说的。材质一样,我想应该没错。"

汤川环视四周,又捡了两块铝片,然后将视线投向旁边的草丛,又捡起一根包裹着黑色绝缘外皮的电线。

"这根电线有什么问题吗?"草薙在旁边问道。

汤川没有回答,盯着电线的一头。裸线的顶端像是熔化后又凝固了,卷成了一团。电线的另一端缠在距池边数米处一根约一米长、生了锈的轻型钢筋上。他开始用力拉电线。

"打捞尸体时,好像也捞上来一根同样的电线。"

草薙话音未落,汤川猛地回过头,眼镜都差点晃掉了。"那根电线被扔到哪儿去了?"

"应该没有扔掉。那根电线可能接触过尸体,所以应该是鉴定科的人把它收走了。"

"能不能拿给我看看?"

"应该可以。我去问一下。"

汤川满意地点了点头。"你还要帮我查一件事。"

"什么事?"

"帮我问问气象厅今年夏天所有打雷的日子。"

"打雷?"

"特别是这一带打雷的日子。"

"这个一问就能知道。不过,案子和打雷有什么关系?"

汤川再次看向池塘,露出了意味深长的笑容。

"什么啊?笑得这么吓人!你明白什么了吗?"草薙问。

"现在还无法断定。等确定后,我再和你说清楚。"

"别卖关子了,现在就把你知道的说出来吧!"

"很遗憾,没有经过实验的确认,科学工作者是不能把自己的假设贸然说出口的。"说着,汤川把三块铝片和脏污的电线塞到草薙手中,"走,我们回去吧。"

6

在新宿的一栋大厦里,草薙和小冢一起见到了笹冈宽久。这里是一家名叫"S&R股份有限公司"的事务所,看上去颇为可疑。

"我们的业务主要是向企业批发电脑,也给软件研发公司做一些中介服务,公司最近才刚刚上了轨道。"被问及公司的业务内容时,笹冈这样介绍道。

这个看上去四十岁出头的男子十分健谈,对工作上的事问一答十,但仔细听就会发现他的话基本都是务虚之谈,没有多少有价值的内容。由于有隔断,看不到办公室里面的情形,也感觉不到有业务员在工作。当听到笹冈笑着说"怎么样，您也买一台电脑吧？今后这方面的知识都是必需的呀"，能感觉他带有一种十分明显的愚弄之意。草薙也不禁认同了昌代对这个人的评价——有些奇怪。

草薙首先问笹冈是否认识柿本进一。笹冈的表情立刻发生了转变，感慨地说道："岂止认得，我一半的后槽牙都是柿本医生治的。"他摸了摸下巴。"事情变成这样，我很难过。之前我就听柿本太太说柿本医生失踪了，一直担心他是不是出事了。已经过了两个月，老实说，我觉得生还的可能性很小。我现在还是难以接受这样的结果，不知道该怎么说。"

"您参加他的葬礼了吗？"草薙问。

"很不巧，我因为工作上的事没去成，只慰问了一下柿本太太。"

"柿本先生的遗体被发现一事，您是听谁说的？"

"我是在报纸上看到的。上面说是一所中学的文化节上展出了柿本医生的脸部模型，随后他的遗体才被人发现。于是我联系了柿本太太，问了葬礼在什么地方举行。"

"原来如此。有些报纸确实做了夸张的报道。"

"今秋神秘案件：中学校园展出死亡面具，相关人士难解奇异原委"——草薙想起了那个大标题。

"听起来真是不可思议。为什么那种地方会有人脸模型呢？"笹冈双臂抱在胸前，一副百思不得其解的样子，用窥伺般的眼神看着草薙,"警方对此怎么看?"

"现在还在调查。鉴定科的同事很头疼。"

"是吗?"

"我那个迷信的上司还说什么可能是死者的怨念刻在了尸体旁边的铝片上。"

这是骗人的,其实草薙的上司是一个厌恶非科学事物的理性主义者。

"怎么会有这种事……"笹冈脸上浮现出不自然的笑容,似乎被草薙的话吓住了,"那么……"他撩起阿玛尼西装的袖口,做了个看表的动作后说,"您今天来有什么事吗?只要是我知道的,一定知无不言。"他的语气听上去很诚恳,却也在暗示他提供不出有用的线索。

"我想问一下关于马的事,"草薙说,"就是赛马。您曾劝柿本先生和您合买一匹马,是吗?"

"啊,这个啊……"笹冈神色怪异地点了点头,"非常可惜,辜负了柿本医生的期待,最后给他添了很多麻烦。"

"您的意思是最后没有买成?"

"本来是件好事,别人给我介绍了一匹血统非常纯正的赛马。可我还在找合伙人的时候,就被别人捷足先登了。这种事自然也是常有的。"

"是通过中介商谈的吗?"

"是啊。"

"麻烦您把中介的联系方式告诉我,我们需要例行确认一下。"

"没问题。哎?我把名片放哪儿了?"笹冈摸了摸胸前的口袋,咂了咂舌,"糟了,我放在家里了。之后我再告诉您,可以吗?"

"好的。小冢,你记得再和笹冈先生联系。"

"是。"年轻的刑警立刻应道。

"感觉真是奇怪,好像我有嫌疑似的。"笹冈露出讨好似的笑容说道。

"很抱歉。我理解您可能会感到不愉快。不过对于警方来说,我们不能忽视柿本先生银行账户上的大笔资金被转出一事。"

"大笔资金?"

"没错。一千万对我们这些工薪族来说就是一大笔钱了。您收到过这笔钱的支票吧?"

笹冈轻咳一声。"嗯,呃……那是买赛马的钱。"

"那张支票应该已经兑现了,钱后来是怎么处理的?"

"当然是还给柿本医生了。"

"怎么还的?通过银行转账?"

"不,用现金还的,我亲自把钱送到了他家。"

"这是什么时候的事?"

"什么时候……已经过了很久了,我记得是七月底。"

"柿本先生收钱的时候,没有写字据一类的证明吗?"

"我拿到支票时写了借据，还钱后，柿本医生便把借据还给我了。"

"借据现在在您那里吗？"

"不，我已经处理了，因为这件事回想起来也不是什么美好的记忆。"笹冈说完，又看了一眼手表。这次他表现得非常刻意，看来已经急于结束这次谈话了。

"最后还要例行确认一件事。"草薙特意在"例行确认"这个词上加重了语气，"我希望您能将八月十八日起十天内的行动尽可能详细地告诉我们。"

笹冈的脸一下子涨红了，但他依然面带讨好似的笑容来回看着两名刑警。"看来你们果然在怀疑我。"

"非常抱歉。不过，不只是您，在警察面前，所有人都有嫌疑。"

"我希望能早日从嫌疑人名单上被删除。"说着，笹冈翻开放在手边的手账，"您是说从八月十八日开始，对吧？"

"是的。"

"太好了！我有不在场证明。"笹冈看着手账说。

"什么样的证明？"草薙问。

"我那天正好去旅行了，去了中国两个星期。瞧，这儿写着呢。"笹冈翻开日程表那页给草薙看。

"您是一个人去的？"

"怎么可能？我和客户共四个人一起去的。如果您答应我不给对方添麻烦,我可以把他们的联系方式告诉您。"

"这是自然。"

"请等一下。"笹冈起身走了出去,身影随即消失在了隔断的后面。

草薙和旁边的小冢对视了一下,年轻的小冢微微歪了歪头。

笹冈很快拿着一个A4大小的名片夹回来了。

"您是从成田机场出发的,对吧?"草薙一边抄下笹冈指的名片上的名字和联系电话,一边问道。

"是的。"

"几点出发的?"

"我记得是十点左右。不过,我八点就到机场了,因为我们约好八点半集合。"

"我了解了。"草薙在心里计算着时间:柿本进一是早上六点离开家的。将柿本杀掉后扔进葫芦池,再把黑色奥迪车弃置在埼玉县,最后赶在八点多到达成田机场,这可能吗?

数秒之后他便得出结论:绝对不可能。

7

草薙把汤川不知从哪里找出来的剩了一半的爆米花塞进嘴里,然后敲了敲不锈钢桌子。"不管怎么看,他都很可疑,除了他没有别人了。"他一口气说完后,喝下一大口速溶咖啡。一股自来水特有的铁锈味在口中扩散开来,他却没有心思抱怨。

"可是敌人有铁一般的不在场证明。"站在窗户旁喝咖啡的汤川回应道。今天窗户罕见地敞开着,风吹进来时,他泛着茶色的头发也随着窗帘和身上的白大褂微微晃动。

"你不觉得这个巧合太不自然了吗?偏偏就在柿本进一失踪当天,他跑到国外旅行。"

"如果是偶然,那可以说这个人太幸运了。要是他没有这个不在场证明,就会受到拷问般的审讯了吧?"

"现在可不会做这种事了。"

"这我就不知道了。"汤川拿着马克杯面向窗外,夕阳照在他的脸上。

草薙又把几粒爆米花放进嘴里。

调查了笹冈的不在场证明后,警方发现他说的几乎全都属实。同行的几个公司职员都证实八月十八日上午八点半在成田机场见到了笹冈,旅途中他也没有偷偷回国的迹象。

然而从动机来讲,没有人比笹冈更可疑。据和他联系过的赛马中介说,他确实来咨询过,可是并未谈到具体事宜,联合购买更是初次耳闻。且在调查笹冈时发现,今年夏天以前,他因在多家金融机构有贷款未还清而苦恼,夏天过后,贷款竟全部还清了。草薙推测,柿本进一的那一千万也许就用在了这里。

可是从现在的情况来看,警方还无法逮捕笹冈,因为他根本没有作案的可能。

"对了,你帮我查那件事了吗?"汤川再次面向室内,"打雷的事。"

"嗯,当然查了。"草薙从上衣的内侧口袋里拿出记事本,"不过,这到底和本案有什么关联?"

"你先说说查到的结果吧。"

"对这种目的不明的调查,我多少有点抵触啊。"说着,草薙翻开记事本,"嗯……首先是六月。"

"从八月开始说就可以了。"汤川冷淡地说。

草薙怒视着好友因逆光而显得表情模糊的脸。"你说要今年夏天的情况,我才从六月份开始查的!"

"是吗?不过,从八月开始就行。"汤川似乎对草薙的不满情绪毫不在意,面无表情地把杯子凑近嘴边。

草薙叹了一口气,视线回到记事本上。"八月份整个关东地区打雷的地方……"

"单说东京就好,尤其是葫芦池所在的东京西部。"

草薙气得把记事本倒扣在了桌上。"为什么一开始不这么说?那样我查的时候就简单多了。"

"抱歉。"汤川说道,"接着讲。"

"你真的感到抱歉吗?"草薙嘟囔着再次翻开记事本。"八月份葫芦池附近只有十二日和十七日两天打雷了,九月份是十六日和——"

"等等，停一下。"

"又怎么了？"

"你说十七日，确定吗？肯定是十七日？"

"没错。"草薙把记事本上的内容仔细地看了好几遍，"有什么问题吗？"

"这样啊，十七日啊，八月十七日。下一次打雷就是九月十六日了。"汤川随手把杯子放在旁边的桌上，左手插进白大褂的口袋，右手轻轻搔着脑后，慢慢踱起步来。

"喂，怎么了？不用再往下听了吗？"草薙看着在室内徘徊的汤川问。

汤川突然停住脚步，挠着头的手也停下了。他盯着某处，像个木偶一样一动不动。

过了片刻，他低声笑了起来。因为非常突然，草薙一瞬间还以为他痉挛了。

"那个人出去了几天？"汤川问。

"什么？"

"就是你认为可疑的那个人。他去了中国几天？"

"啊……两个星期。"

"两个星期，这么说，他是在九月初回到日本的？"

"嗯，是的。"

"他不可能在回日本后作案吗？这样一来，令你头疼的不在场证明就不存在了。"

"我也想过这一点，可是不行。"

"因为死亡时间？"

"是啊。根据专家的意见，从尸体腐烂的程度来看，被害时间最晚也在八月二十五日左右。九月以后应该不可能。"

"是吗？"汤川坐到最近的椅子上，"没有九月后被害的可能性吗？原来如此。"他微微晃动着肩膀笑了起来，"是啊，只可能是这样。"

"什么意思？"

汤川跷起腿，十指交叉放在膝上。"草薙警官，你似乎犯了个很大的错误。啊，说错误也许太苛刻，你是中了凶手的圈套。"

"为什么这么说？"

"我告诉你一个意外的消息，"汤川推了推眼镜，"作案时间是在八月十七日之前。"

"什么？"

"没错。也就是说，死者在八月十八日还活着，是个谎言。"

8

两名初中生发现金属面具三周后的周日，柿本昌代承认了自己是笹冈宽久的共犯。笹冈被捕使她在一定程度上不再有侥幸心理，当得知警察在她家车库的卷帘门上检出了笹冈的指纹，她终于供出了实情。

"是他提出杀人的，我并不想那么做。可他说如果我不听他的，就把那件事告诉我丈夫。我不得已才按照他说的做了。"昌代唾沫横飞地辩解道。

"那件事"指的是她和健身俱乐部教练的婚外情。笹冈发现了此事，并以此胁迫她配合。

笹冈却是另一种说法："她说是我怂恿的？太荒唐了吧！明明是她丈夫发现她出轨，要和她离婚，她才来找我，求我帮她想办法，条件是帮我还贷款。对了，她还说买马的钱也不用还了。我当初真的是为了买马才筹款的，丝毫没有欺骗的意思。那个女人太过分了！我被她利用了。"

到底二人谁说的才是真的，负责审讯的警察一时也无法判断。

草薙估计二人的话真假参半，因为从犯罪过程来看，他们的行动都相当积极。

根据二人的供述，实际作案时间是八月十六日深夜。柿本进一洗澡时，昌代引导笹冈进入家中，笹冈用铁锤将柿本进一击打致死。

处理尸体则是在第二天一早。笹冈驾驶柿本的奥迪车将尸体运出，沉入葫芦池。回来的路上，他把车子丢弃在了埼玉县。

问题在于第三天。两人想制造当天早晨柿本还活着的假象，以此提供完美的不在场证明，于是他们准备了一辆同款奥迪车，故意让邻居看到汽车从柿本家车库开出的情景。

然而，正是这个小伎俩暴露了致命的破绽。

推理出了作案时间在十七日前，草薙便思考起另一辆奥迪车的来源。经调查，和笹冈一起赛马的朋友中，有一个人拥有同款奥迪车。此人应该和案件无关，痛快地承认十八日那天借出过汽车。

现在看来，这只是个简单的把戏，但让警方开始怀疑笹冈的人正是昌代，所以才一直没有想到两人的同谋关系。他们预料到警方迟早会盯上笹冈，便将计就计，而警方也恰恰落入了这个陷阱。

"汤川到底是怎么想到作案时间可能是在十七日前的？"草薙的上司问了他好几次。

草薙指了指脑袋答道："这里不一样嘛。"

9

草薙被带到一栋建筑前，门上写着"高压研究室"和一排黄色的字："危险！闲人免进！"这已足够让他胆怯了，进门后看到的景象更是令他双腿发软。

只在电视和照片里见过的大型绝缘子并排而立,甚至让人以为是将发电站的一部分搬进了这里。地板上到处都是如蛇群一般的电缆。

"一进这种地方,总觉得不能随便乱碰。"草薙朝快步走在前面的汤川说,"我特别怕带电的东西,好像随时都会触电,其实根本不会吧?"

汤川闻言停下脚步,转过头来。"不,有时候会。"

"什么?"

"旁边那个小盒子,你知道是什么吗?"

草薙朝右侧看去,只见那里放着一个和大型暖炉差不多大的金属盒,上方有两个凸起,看起来不像是某种机器。"不知道,我完全不认识。这是什么?"

"电容器。"汤川说,"至少听说过名字吧?"

"电容器啊,我记得物理课上学过。"草薙一边回答一边心想:我为什么要赔着笑脸啊?

"你可以摸摸这个凸起。"

"不会出事吧?"草薙小心翼翼地伸出手。

"也许不会。"汤川依旧冷淡地说,"但也可能会因触电而弹出去。"

草薙慌忙缩回手。"你在开玩笑吧?"

"原则上来讲,这里的电容器应该都是放电完毕的状态。不过久置后,会因静电作用而慢慢带电。这类电容器如果充满电,你的身体一刻也支撑不住。"

草薙立刻向后退,跑到汤川身边。"什么啊!那你还让我去摸?"

"不用担心。你仔细看,那两个凸起连接着电缆,对吧?这样是不会蓄电的。"汤川笑道,继续向前走去。

在杂乱无章的实验室中央放着一个方形水缸,大小和家用浴缸相仿,由透明树脂做成,因此可以清楚地看到里面的水。水里似乎还泡着很多东西,其中还有电线。

汤川站到水缸旁,向里看去。"你过来一下。"

"不是又要吓唬我吧?"

"也许会吓你一跳,但为了你的工作也没办法。"

在汤川的催促下,草薙向水缸中望去,不禁"啊"地喊出了声。

首先映入眼帘的是沉在水中的一个塑料模特的头。看上去是一个女人的样子,没有戴假发。距脸部几厘米的地方放置着一块薄铝片,又隔了几厘米的地方则固定着电线。电线的黑色绝缘外皮已经剥离,里面的导线全都分散开来。

"这是在模拟葫芦池的情景。"汤川说道。

"当时是这样的吗?"

"恐怕是的。"

"金属面具又是怎么形成的呢?"

"我接下来演示给你看。"

汤川沿着电线移动,电线的另一端接在一个手工制作的设备上。装置的其中一部分,就是刚才令草薙吓了一跳的电容器,只不过这个电容器要大得多。

"这是一个用来产生雷电的简易装置。"汤川解释道。

"雷电?"

"那儿不是有相对的两个电极吗?"汤川指着约三米外的地方说。

那里有一台装置,上面固定着一对铜质圆形电极,相隔十几厘米。仔细看,会发现电极的一端连接着从水缸中伸出的电线。

"我要让那里产生小规模雷电。"

"那样一来,又会怎么样呢?"

"我不是在葫芦池捡到了一根电线吗?"

"嗯。"

"那根电线缠在池边的一根钢筋上,你记得吗?"

"记得。"

"正如你所查到的,八月十七日当天,那一带是强雷雨天气,而且一个巨大的雷落在了池边。"

"正好打在这根钢筋上?"

"没错。"汤川点了点头,"它起到了避雷针的作用。你也知道,雷的本质是电。你不妨想象一下当时的情景:雷雨云中积蓄的电能一瞬间全部释放到钢筋上。"

草薙不禁点头。即使他对理科一窍不通,也不难想象那种情景。

"全部释放到钢筋上的电能会怎么样?一般来说,会被地面吸收。其实,一部分确实如此。但钢筋上缠绕着导电性更强的电线,所以大部分电能通过电线释放到了池中。"汤川指着树脂水槽说道。

"然后呢?"草薙追问。以上的说明,他都听懂了。

"然而,"汤川接着道,"如果那些电线对于如此强大的电能来说太细了,那会如何?或者说,如果一部分太细,好像都快断了呢?"

草薙思考了两秒后摇了摇头。"不知道。会怎么样?"

"我们来做个实验看看。"汤川从白大褂的口袋里拿出一副眼镜,递给草薙。

"这是什么?"

"护目镜,没有度数的。以防万一,你戴上吧。"

"'万一'指什么?"

"万一有碎片飞溅出来……"

草薙连忙戴上了护目镜。

"好,开始。"汤川将旁边机器上的旋钮缓缓向右拧,"现在电容器正在充电,你可以当作是雷雨云开始形成。"

"雷不会错打到咱们这儿来吧?"草薙问,他自然是打算开个玩笑。

"不会的。"

"是吗？"

"只要电路没有接错。"

"啊？"草薙盯着汤川看上去一本正经的侧脸。

"电充好了。"汤川看着电极的方向说，"两个电极间产生了几万伏的电压，在两极间形成阻隔的是名为'空间'的墙壁。如果电压大到足以冲破阻隔……"

汤川话音未落，随着激烈的冲击声，草薙看到两个电极间发出闪光。几乎同时，水缸中传出了低沉的破裂声。

"怎么回事？"

汤川一把拉住要跑到水缸边查看的草薙。"要是在最后一刻触电身亡就太傻了。"汤川在机器上操作了几下，拍了拍草薙的后背，"好了，去看看。"

二人凑到水缸边，草薙往里一看，不由得惊讶地"啊"了一声。

"你好像很满意。"汤川两手探入水缸，捞起塑料模特的头。现在，那张脸上已经严丝合缝地覆上了薄铝片。他小心地揭下来递给草薙。"这是你要的东西。"

草薙接过来仔细查看。薄铝片完美地再现了模特的脸部线条。"这是怎么做到的？"

"是冲击波。"

"什么？"

"由于吸收了过多电能，电线中途被熔断，而且是瞬间发生的，就像是保险丝烧断了一样。"汤川从水缸里捞出电线，只见电线的一端已熔成一团。

和在葫芦池捡到的那根一样，草薙想。

"这时，水中出现剧烈的冲击波，巨大的力将旁边的东西向外推出。铝片自然也被推到了模特脸上。"

"结果就形成了这个吗？"草薙看着金属面具低声说道。

"这种技术早就为人所知，不过现在很少利用它来生产产品了。我也是第一次做这个实验，受益匪浅。"

"真是不可思议……"

"没什么不可思议的，这只是顺理成章的结果罢了。以前我和你说过吧？世上某些奇异现象就是流体的恶作剧。这次也是一样。"

"我说的不可思议不是指这方面。"草薙抬起头，"如果没有发现面具，死者的遗体就不可能被找到，也不可能通过打雷来推定案发时间。这样想来，也可以说是柿本进一的怨念化成了那副面具吧。不过，你这么厌恶神秘学，肯定认为我是在胡言乱语。"

草薙想汤川肯定又会嘲讽一番，但他并没有那么做，而是从白大褂的口袋里拿出一张折叠着的纸，像是什么东西的复印件。

"第一次听你说到金属面具的时候，我问过你来复枪的事，还记得吧？我问在葫芦池附近是否有人使用来复枪打猎。"

"嗯，记得。你为什么要那么问？"

"其实，我当时就在考虑是不是水的冲击波制成了面具，但不知道冲击波产生的来源。于是，我首先想到了来复枪。"

"来复枪能做到这种事？"

"向水中开枪也会产生冲击波，但要达到改变金属形状的程度，手枪的力道不够，至少也需要来复枪这种才行。"

"哦……"草薙无法想象，只是含糊地点了点头，"那这和我刚才说的有什么关系？"

"某所大学的研究成果就是一种利用这种来复枪的冲击波制作金牙套的技术。"说着，汤川把手中的纸递给草薙，"这是那篇论文的复印件，你看看。"

"我看也……"

"你就看看吧。"汤川又向前伸了伸手。

草薙扫了一眼复印件。如他所料，内容完全不知所云。

"这篇论文怎么了？"

"你看看作者的名字。"

"作者的名字？"草薙重复道，随即看向论文题目旁边。上面并排写着三个人的名字，当他看到第三个人名时，不由得叫出声来。

那里赫然写着"柿本进一"。

"看来死者学生时代做过利用冲击波使材料成形的研究。"

汤川饶有兴味地说,"被弃尸池塘后,他的魂魄想起自己昔日研究过的技术,便做出了那副金属面具。这个情节如何?"

一瞬间,草薙毛骨悚然,但他很快笑了起来,看着面前的物理学家。"科学家不是不相信神秘学吗?"

"科学家也有开玩笑的时候嘛。"说完,汤川转身向门口走去。白大褂的下摆轻轻飘起。

第三章

坏死

1

男人像还在回味似的,不停抚摩着聪美的大腿。聪美漫不经心地拂开男人的手,拿起搭在椅子上的浴巾裹住身体,在镜子前坐下后,从包里拿出梳子,用力梳着缠在一起的发丝。

男人转过臃肿的身体,从桌上拿起烟盒,衔了一支烟,用一次性打火机点燃。从一开始交往,聪美就知道他是个在日用品上都不舍得花钱的吝啬鬼。

"那件事,你考虑得怎么样了?"男人把两个枕头放在一起,斜倚着问道。

"什么事?"聪美梳着头发反问道。

"你忘了?就是和我一起住的事。"

"哦。"聪美当然没忘,不过是想回避这个话题罢了,"如果同居,你的孩子会有意见吧?"

"这个不用担心。他们都是成年人了,最近很少回来,我老婆死了以后就更少了。无论我做什么,他们都不会抱怨。"

"哦。"

"怎么样,聪美?"男人把烟放在烟灰缸上,从床上爬过去,从背后搂住聪美,"来跟我一起住吧。我一刻也不想离开你。"

"你这么说我很高兴……"

"这不是很好嘛。你想要什么我都给你买,对了,你向我借的那笔钱也一笔勾销。还有比这更好的事吗?"

"嗯,我考虑考虑。"

"还有什么可考虑的?难道,"男人用力抓住聪美的双肩,"你有其他男人了?"

"没有啊。"聪美朝映在镜中的男人笑了笑。

"真的?如果你有了别人,想分手……"

"就得先把钱还给你。我知道。我很感激你,所以不会背叛你的。"

"那你一定要说到做到啊。我这个人,生起气来不知会干出什么事。"说着,男人作势掐住聪美的脖子。

内藤聪美租住的地方在杉并区一处密集住宅区的二层公寓。她住在二楼最边上的一居室里。

她刚要上楼,从自行车停放处的阴影中突然闪出一个人。

"聪美!"

突然被叫到名字，聪美顿时怔住了。她仔细凝视后，认出站在阴影里的人是田上升一。"吓了我一跳。你在这儿干什么？"

"我在等你。"

聪美一听到田上消沉的声音就感到心烦。"谁让你等我了？如果有事，等我上班再说不行吗？"

"可是，"田上的眼神中透着怨愤，"我不是让你今天下班后在小卖部门前等我一下吗？"

"啊，是吗？"聪美用手捂住嘴。

"早上跟你说的。"

"抱歉，我忘了。"

"算了……现在你能陪我一会儿吗？一起喝杯茶什么的。"

"现在？明天不行吗？我累了。"

"就一会儿。"

看着田上恳求的目光，聪美感到厌烦。但今天确实让他白等了半天，更重要的是，她清楚田上也是她的债主。"说好了就一会儿啊。"她说道。

二人走进车站前的咖啡馆。田上点了咖啡，聪美要的是百威啤酒和炸薯条。

"快点吧，我真的很累。"她毫不客气地说道，随即一边吃炸薯条一边倒啤酒。

田上喝了一口咖啡，挺直了身体。"我想把这个送给你。"

他把一个小盒子放在桌上。

"这是什么?"

"你打开看看。"

看来他又要开始婆婆妈妈的了,聪美想着,拿过盒子,打开了包装。里面是一枚银色的戒指。

"这是我亲手做的,趁组长没看见的时候。"田上沾沾自喜地说。

"嗯,你手真巧。"戒指上装饰着小小的花朵和叶子。真是少女才会喜欢的老土设计,聪美想。

"你明白我的心意吧?"田上说,"和我一起回新潟吧,这是我一生的愿望!"

聪美抬眼看着他,然后从包里拿出万宝路。她不是第一次听到这句话,所以并不惊讶。"回去之后呢?"

"嗯……我们就成家!我爸也催我继承家业呢。"

聪美感到好笑。"成家"这种老掉牙的说法不知为什么和田上特别配,他应该才刚满二十五岁。

"这件事我已经拒绝你好几次了。我现在没有和任何人结婚的打算。"

"你别这么说,认真考虑考虑吧!我会让你幸福的!我可以为你做任何事!"田上双手交握在胸前,好像在祈求。

为什么周围的男人都是这副德行?聪美厌烦地想,这个田上也是,不过跟他上了一次床,就认定我是他的女人了。不过,这个男人还容易摆脱,麻烦的是那一个,如果不想想办法……她想起刚刚见过的那个人。

"还是说,你有别的原因?"

"别的原因?"聪美侧过脸,吐出一口烟。

"不能结婚的原因。"

"我才——"她刚要说"没有",却又停了下来,往烟灰缸里弹了弹烟灰,又说道,"是啊,也不能说没有。"

"什么原因?只要是我能办到的,你尽管说。"田上探出身。

聪美望着他认真的样子,突然想戏弄他一番,便说道:"那,你能帮我杀人吗?"

"什么?"

"有个男人一直缠着我。如果要分手,我就得给他一笔钱,可我根本拿不出那么多。不和那个人彻底了结,我无法考虑结婚的事。"

"这……"果不其然,田上的脸色变得苍白起来。

聪美扑哧一笑。"开玩笑的。当然是玩笑了,我怎么可能想杀人?"

田上僵硬的表情稍稍缓和。"真是开玩笑?"

"是啊。我才没有那么傻。"聪美把烟头捻灭在烟灰缸中。

聪美回到公寓时已经过了凌晨一点。

和田上分手后,她心烦意乱,便一个人去喝酒。她在吧台前坐下后,频频有男人来搭讪。但从衣着来看,都是一副穷酸相。

聪美倒在床上。床边的简易衣架上挂满了名牌时装,它们就是令她陷入如今这般窘境的罪魁祸首。

这时,电话忽然响了起来。这个时候会是谁打来的呢?聪美拿起听筒。

"喂,是我。"听筒里传来田上的声音。

"哦……你还有什么事?"

"啊……嗯……"田上支支吾吾。

"怎么了?我困了,有话就快说!"

"啊,对不起。就是……刚才你说的话,真的只是在开玩笑吗?"

"什么?"

"刚才我又想了想,觉得你有可能是真的困扰到想杀了那个人。"

"那又怎么样?"

"如果真是那样,我倒有个好办法。"

"好办法?"

"嗯。看上去就像病死的一样,而且警方就算明知是他杀,也绝不会想到这个手法。"

"哦?"

"所以,如果你是认真的,我可以帮你。"
"你别再开玩笑了,晚安。"

2

高崎纪之已经快五个月没回在江东区的家了。自从母亲去世,这还是他第一次回去。就连丧葬的法事,他都以课业繁忙为由拒绝了,而他那只有高中毕业文凭的父亲竟然毫无怨言。

纪之对父亲邦夫只有憎恶。妻子和孩子哪怕花一块钱,他都要喋喋不休,可他自己寻欢作乐时却舍得大手大脚。如果以此质问,他必定会大喝道:"啰唆!你当钱是谁挣来的?"

邦夫一直以能独自经营一家小超市为人生最大的荣耀。

纪之觉得母亲早逝都是因为嫁给了父亲这种男人,而父亲肯定认为母亲死了还能省下一笔不必要的开销。

纪之现在是大学生,学校位于吉祥寺,从家到学校不远,走读很方便,但他宁可住学生公寓,因为这样可以避免每天和父亲见面的痛苦。不过这样一来,父亲每月提供的生活费在扣除房租后就所剩无几了,因此这两年多以来,纪之大半时间都在打工。

纪之今天回来自然不是为了和父亲这个吝啬鬼要钱,而是来取放在自己房间的几个电脑软件。

要进门时,纪之看了一眼手表,时间是下午两点多。平常这个时候父亲都不在家。

他拧了一下钥匙,准备开门,但奇怪的是,钥匙转不动。他试着直接转了转门把手,门一下子就被拉开了。他不禁咋舌,难道老头子已经回来了?下次再来实在麻烦,他想了想,还是走了进去。为了确认父亲在哪个房间,他侧耳细听,却没有听见任何声响。

纪之上楼,走进自己的房间,随手拿来一个纸袋,把要带走的东西装了进去。如果运气好,说不定不用和老头子碰面,他心想。

纪之拿着东西轻手轻脚地下了楼,家里还是不像有人的样子。

穿过走廊时,他朝门半开着的盥洗室里瞥了一眼。那里兼作浴室的更衣处,洗衣机上的篮子里堆着父亲换下的衣服。

纪之撇着嘴想:大白天就泡澡,可真悠闲。他并不想和父亲打招呼,打算悄悄地溜走,便蹑手蹑脚地朝门口走去。

这时,电话铃响了起来。

纪之赶忙穿上鞋。为了及时接起洗澡时的来电,盥洗室的墙上安装了一部无绳电话子机。

可是电话久久无人接听,铃声一直响个不停。

纪之回头望向浴室,心想老头子不可能听不到铃声,难道他不在浴室，或根本就不在家？

纪之脱下鞋，回到走廊。他听见电话留言的录音中传来一个年轻男子的声音："我是××房地产的森本。上次那件事您考虑得怎么样了？我会再和您联系。"随后是一声电子音。

纪之又探头看了看，盥洗室和浴室的灯都亮着。洗衣篮里的衣物确实是父亲的，他认得那件没品位的粉色Polo衫。

他看了一眼脚下，发现地上有一只沾满污渍的劳保手套。他有些奇怪，因为父亲的工作是接触不到机油的。

他推开浴室门，只见父亲正躺在细长的浴缸里，两腿伸直，双手放在身体两侧。靠在浴缸边缘的脖子歪成了一个不自然的角度。

纪之连忙关上门，一把抓起无绳电话。他的心脏怦怦直跳，却不是因为恐惧和震惊。

现实中真会有这样心想事成的好事？他的脑海被这个念头占据了。

3

鞋底在体育馆的地板上摩擦，发出细小的声响，脚步不时上前，还会发出咚的一声。这无不令草薙感到怀念。

现在正在进行双打比赛。一方的参赛队员是汤川学，轮到他发球了。

球从网上低低飞过,恰好落到得分线内。这是他拿手的打法。对方打回一个高远球,汤川的搭档从后方打出一记扣杀,却没有扣死。精彩的多拍对打后,一个机会球飞到汤川的斜上方。他看似猛地挥出了球拍,羽毛球却慢了一拍才轻飘飘地在对手面前落地,而对手还没有迈出步子。

裁判宣布比赛结束,双方队员笑着握手。

看到汤川走到场下,草薙向他招了招手。"真有你的,实力不减当年啊!"草薙称赞道,"我还以为你最后会扣球呢,没想到用了切球啊。"

"扣球,最后一拍是扣球。"

"哎?可是……"

"你看,"汤川把手中的拍子递给草薙,只见中央的线断了一根,"刚才球正好打在了断掉的地方。你把扣球看成切球,说明当年的高手退步了。"

草薙皱着眉连挥了两三次球拍,感觉非常不错。

"你偶尔也打打羽毛球吧?在警察局的训练场光练柔道和剑道,不是很无聊吗?"汤川一边擦汗一边对草薙说。

"警察的格斗训练能跟物理系副教授的休闲运动相提并论吗?不过也好,下次我们一起打球吧,等目前的任务告一段落。"

"看你的表情,好像又接了一个棘手的案子。"

"嗯，算是吧，可以说有些棘手。"

"所以你是来找我商量的？"

"不是，我觉得这次你也无能为力，因为不是一个领域的问题。"

"不是一个领域？"

"这次的案子应该是医学领域的问题。"草薙从上衣的内侧口袋里掏出一张拍立得照片，"这是死者。"

汤川认真地端详着照片，脸上毫无嫌恶的神色。"如果说有幸福的死法，泡着澡死去应该算是其中之一吧？要是换成死在厕所，感觉这一生都非常不幸。"

"你有什么发现吗？"

"嗯……看上去并没有外伤……胸前这块像瘀血一样的东西是什么？"

"问题就在这里。"草薙看着照片说。

照片拍的是躺在浴缸中的死者。他叫高崎邦夫，住在江东区，生前经营着一家超市。

发现尸体的人是死者的儿子。但他完全没有想过他杀的可能，并未第一时间报警，而是先打电话请来了相熟的医生。

医生早就知道高崎邦夫的心脏不好，闻讯时还以为是心脏病发作，见到尸体后才察觉有些异样，便决定报警。

辖区警察局的侦查员马上就赶到了现场，可是也无法断定死者离奇死亡的原因是事故、疾病还是他杀，于是负责人向警视厅汇报了此事。随后，警视厅派出了法医和几名侦查员，草薙正是其中之一。

"法医怎么看？"汤川很感兴趣地问。

"他说还是第一次见到这样的尸体。"

"哦。"

"最简单的答案就是在洗澡时突发心脏病猝死。因为没有激烈挣扎过的迹象，一般来说大家都认可这种说法。"

"但还有不寻常的地方。"

"就是他胸前的瘀血。"草薙指着照片上瘀血的位置。高崎邦夫的右胸处有一块直径约十厘米的瘀血痕迹，呈灰色，并不像烫伤或内出血所致。死者的儿子也证实死者胸前原本没有这样的痕迹。"解剖的结果也令人吃惊。"

"是什么？别吊人胃口，快说。"

"灰色部分的细胞全都坏死了。"

"坏死？"

"人死后，皮肤细胞自然也会很快死亡，但这部分则不属于这种情况，而是瞬间坏死的感觉。"

"瞬间啊……"汤川擦完汗，把毛巾收进运动包里，"是不是什么病造成的？"

"负责解剖的医生没听说过有这种病。"

"使用某种药物的可能性呢？"

"没有检测出任何东西，而且也不知道是否有这样的药物。

总之，除了那块瘀血，死于心脏麻痹是毫无疑问的。"

"人为造成心脏麻痹，也不是没有办法。"汤川喃喃道。

"你是说触电吧？我们也考虑过，比如把接通电源的插座放进浴缸的方法。不过这很难致人死亡，具体情况我也不太懂，好像和电流的流向有关。"

"电流密度在两极间的最短路径间才是最大的，如果要用触电方式致死，必须将心脏夹在中间，在两侧设置电线。"

"专家说如果用这种方式，尸体上是不会形成那样的痕迹的。"

"看来你们束手无策了。"汤川笑着说。

"所以我为了换换心情，才来看看你。"

"如果你不嫌弃这张脸，请随便看。"

"接下来你有安排吗？如果没有，我们去喝一杯怎么样？好久没一起去喝酒了。"

"我是可以，你没问题吗？发生了这么麻烦的案件。"

"就连是不是案件都不知道，这才糟糕呢。"

二人来到学生时代羽毛球社训练后常常光顾的居酒屋。站在吧台后的老板娘还记得草薙，非常怀念过去的日子。她听说草薙当了刑警，不禁感慨道："咦，你明明看着那么老实，真是人不可貌相啊！"

聊了一会儿往事后，话题渐渐又回到那具死因成谜的尸体上。

"那个超市老板有没有被杀的可能?"汤川吃着刺身问道。

"据死者的儿子说,他很有可能被人怀恨在心。因为赤手空拳打拼才有了一家小店,他在金钱方面也做了不少肮脏事。不过至于具体情况,他儿子也不清楚。"草薙咬了一口旋瓜鱼。

"除了死因成谜,还有其他可疑之处吗?"

"没有称得上可疑的地方了。死亡时间推测为发现尸体的前一天晚上十点到凌晨一点之间,这个时间洗澡也很正常。室内没有被弄乱,也没有打斗过的痕迹。只有一点比较奇怪,就是大门没有上锁。死者高崎邦夫的妻子在五个月前去世,从那以后他一直独居。按理说,洗澡前不是应该确认一下门有没有锁好吗?他儿子也说他非常注意这些事。"

"或许只是那天忘记了。"

"也有可能。"草薙点了点头,喝了一口杯子里的啤酒。

汤川窃笑着往草薙的杯子里倒上了啤酒。

"怎么了,笑得让人发毛!"草薙说。

"没什么,抱歉。我只是在想,假如现在出现一个嫌疑人,你们打算怎么办?"

"什么意思?"草薙也给汤川倒上啤酒。

"如果不清楚作案手法,不就无法追查了吗?要是嫌疑人说'警察先生,你说我是凶手,那请你说说我是怎么杀的人',你们准备怎么回答?"

面对汤川略带挖苦的质疑,草薙眉头紧锁。"到时候我看我还是不要靠近审讯室为好。"

"嗯,明智的抉择。"

两个人喝光四瓶啤酒后,起身结账。

从居酒屋出来,草薙看了看手表,刚过九点。"你再陪我去一家吧?"他提议,"偶尔去银座玩玩,怎么样?"

汤川故意夸张地后仰了一下。"怎么,你们发奖金了?"

"死者高崎常去一家店,我想去那儿碰碰运气。"

高崎家的邮箱里有一封来自那家店的信,里面是账单。死者的儿子纪之认为账单上的金额有些不可思议。"老头子那么抠门,最多也就是在那儿喝喝酒,怎么可能花那么多钱!"看来,店里应该有高崎非常追捧的女招待。

"我刚想说,如果你请客,我就去呢。"汤川假装要从外套口袋里取出钱包,"偶尔挥霍一下也不错,反正我们都没有需要维护的小家庭。"

"那就赶紧成家嘛!"草薙轻拍了一下汤川的后背。

4

这家店名叫"Curious",室内装潢很是雅致,营造出令人安心的氛围。微暗的灯光下,并排摆着数张桌子。

一个留着长发的年轻女人来到草薙和汤川的桌前,确认似的询问二人是否是第一次来。

"是高崎先生介绍来的。"草薙用湿毛巾擦着手说,"他经常来吧?"

"高崎先生?"女人略显惊讶地睁大眼睛。

"就是那个开超市的高崎先生。"

女人来回看了看草薙和汤川,探过身小声问道:"二位还不知道吧?"

"知道什么?"

"高崎先生啊……"她稍稍留意了一下四周,"死了。"

"什么?"草薙夸张地双目圆睁,"真的吗?"

"真的,就两三天前。"

"我完全不知道。喂,你知道吗?"草薙装模作样地问汤川。

"第一次听说。"汤川面无表情地回答。

"怎么死的?得病吗?"草薙问女人。

"这我就不知道了。听说可能是因为心脏麻痹,他儿子发现他死在了家中的浴缸里。"

"你了解得还挺多。"

"报纸上都登了。妈妈桑吓了一跳,拿给我们看的。"

"哦。"草薙知道,尸体被发现的第二天,晨报上便刊登了有关高崎邦夫离奇死亡的简短报道。

"二位和高崎先生是什么关系？"

"我们是一起玩的朋友。不过，连他过世的消息都不知道，大概也不能算是朋友吧。"说完，草薙喝了一口兑水威士忌。

"您是做什么工作的？"

"我？我只是一个普通的工薪族。不过，这位可不一样。他是帝都大学物理系年轻的副教授，而且还是未来诺贝尔奖的候选人之一呢。"

女人听后，感叹道："好厉害啊！"

"没什么厉害的，"汤川冷淡地说，"我也不是诺贝尔奖的候选人。"

"别谦虚嘛。来，拿张名片给人看看，"草薙说，"要是她不信，我可就伤心了。"

这是暗示要他帮忙，取得对方的信任。于是汤川不情愿地递出一张名片。

"真厉害！物理系第十三研究室，是做什么研究的？"

"是运用后牛顿力学近似方法研究相对论和达尔文进化论。"

"哎？那是些什么啊？听上去很高深。"

"总之，都是对大众毫无用处的研究。"汤川一脸不高兴地把酒杯端到唇边。

"高崎先生来，也是你接待吗？"草薙问。

"有时候是我，不过基本上是Satomi，因为高崎先生很喜欢她。"

"是哪个？"

"坐在那一桌、穿着黑衣服的那个。"

草薙和汤川向她指的方向望去，看见一个身穿黑色短裙套装的女人正在陪客人。她的年龄大概在二十到二十五岁之间，直发过肩。

"一会儿能把她叫过来吗？"

"可以啊。"

这个愿望在十分钟后实现了，因为 Satomi 的客人很快就离开了。草薙还是像刚才那样和她闲聊，消除了她的戒心，甚至知道了 Satomi 就是她的本名，汉字写作"聪美"。

"不过人哪，真不知道什么时候就会怎么样了呢。连精神头十足的高崎先生不也在浴室里说没就没了吗？"草薙深深地叹了一口气，说道。

"我也吓了一大跳。"聪美回应。

"你也是从报纸上知道的？"

"嗯。"

"是吗？那确实得吓一跳。"

"嗯，当时我都不敢相信。"聪美微微噘起嘴。

她说话的方式和举止都显得懒洋洋的。因化着浓妆，不大看得出来，但草薙想如果是白天，她恐怕是一副昏昏欲睡的样子。不过，他也知道有不少男人都吃这一套。而且，根据他此前接触各类犯罪分子得出的经验，这种女人不见得总是这么慢腾腾的。

草薙观察着聪美用一次性打火机点烟的模样。她右手的中指和无名指上都戴着戒指。

"你白天做什么呢？"一旁的汤川突然问道。

"哎？白天？"

"嗯，你应该有其他工作吧？"

或许是汤川的语气过于肯定，聪美微微点了点头。

"你做什么工作？"草薙问，"是普通的公司职员吗？"

"是的。"

"让我猜猜是什么行业吧。"汤川说，"制造业，也可以说是工厂。"

聪美眨了眨眼睛。"您是怎么知道的？"

"这是物理学的基本常识。"

聪美正要对汤川说什么，忽然有人喊她的名字，于是她说了一声"我先失陪了"，离开了座位。

草薙迅速用手帕拿起聪美放在桌上的打火机，上面印着店名。

"现场发现了不属于被害人的指纹？"汤川似乎察觉到了草薙的意图。

"是发现了几个。"草薙把用手帕包好的打火机揣进口袋，"即使是他杀，现在也很少有凶手会犯留下指纹这种低级错误。哎，犯了也没什么。"

"你这种踏实的努力说不定也会带来成功呢。"

"如果是这样就好了。对了,"草薙压低声音,"你怎么知道她在工厂工作?"

"如果她在公司上班,我想大概是从事制造业,而且工作地点应该是工厂。但她并不是工人,应该是在厂里做行政工作的。"

"你到底是怎么知道的?"

"首先是发型。她留着直发,头发上半部分有一道不自然的压痕,大概是被帽子压出来的。如果工作中必须要戴帽子,最有可能的就是在生产车间了。"

"可是有些地方的女电梯员也戴帽子,还有接待处的女工作人员也是。"

"如果是那样,被问及是否是普通的公司职员,她就不会只简单地说是了。还有一点,她的头发上沾着细小的金属粉,这也正是在粉尘弥漫的场所里工作的女性的烦恼之一。"

草薙仔细打量着物理学家的脸。"你观察得真细致,还摆出一副对女人不感兴趣的样子。"

"如果没必要,我是不会这么仔细观察的。今天来这儿的目的不就是调查她吗?"

"倒也是。还有,你顺便告诉我,你是怎么判断出她不是工人的?"

"这很简单。她的指甲太长了,而且看上去也不像假指甲。这样无法在车间工作。"

"原来是这样。"

听到生产车间,草薙想起一件事:高崎纪之在盥洗室捡到一只从未见过的劳保手套,而工厂里一定常用到这样的手套。

聪美回来了。她道歉后,重新坐到刚才的位子上。

"你在什么样的地方工作?"草薙问。

"我吗?嗯……就是普通的公司,负责财务之类的。"

"哦……"草薙看了汤川一眼。汤川极轻地摇了摇头,用眼神暗示草薙:她在撒谎。

又喝了两三杯兑水威士忌,草薙和汤川起身结账。账单上的金额几乎够平时在居酒屋喝上五次了。

聪美将二人送到大楼外,汤川拦下一辆路过的出租车。

"陪客人喝酒这种工作也不好做啊。"坐进车里的汤川说道。

"可是挣得也多嘛。"

"可能会遇到古怪的客人吧,"汤川回头望去,"还有那样的人。"

"什么?"草薙闻言也向后看,只见一个年轻男人正在和聪美说话,聪美似乎显得有些厌烦。

"那个年轻人刚才躲在大楼旁边。"汤川说,"大概是对她有好感,一直在等着她出来吧。"

"他看上去不像这里的顾客。"

"嗯,也不像是恋人。"

出租车拐过街角,那两个人的身影消失在视野中。

5

刚送走高崎的两个朋友,田上升一就突然现身,聪美不禁一惊。如果可以,她很想装作没看见,径直走进电梯,可惜田上是从她正对面过来的。

"聪美……"田上小心翼翼地唤道。

"你……到这儿来干什么?"

"因为给你打电话都会切到电话留言,在工厂里又没机会见面。"

"你怎么知道我在这儿?"

"这……之前有一次……"

"你跟踪我?"

田上微微点头。

"不可理喻!"聪美气得扭过头。

"嗯……我想把这个送给你。"田上递出一个小袋子。

"这是什么?"

"你打开看看就知道了。"

"哦，那我一会儿再看吧。没有别的事了吧？"聪美留意着四周，迈步离开。要是被店里的客人看到了，还不知会怎么说她。

"啊，等一下。"田上叫住聪美。

"你还有事？"

聪美转过身，故意做出厌倦不已的样子，但田上还是亲昵地凑过来，小声说："那件事，好像还挺顺利的嘛。"

"那件事？"聪美蹙起眉，"你说什么呢？"

"就是那件事啊。我在报纸上看到了。"说着，田上从牛仔裤口袋里掏出一张纸，在聪美的眼前展开。

那是刊登着一则新闻的剪报。"超市老板横死家中"的醒目标题映入聪美眼帘。

"等、等等，等一下。"聪美从田上手里夺下剪报，推着他的后背躲进旁边的楼梯后面。"别开玩笑了，我和这件事无关。"她将剪报撕得粉碎。

"但是，你不是让我借给你那个东西吗？所以我才特意送到你家了啊。"

田上还没说完，聪美就开始用力摇头。"那段时间我不知道自己怎么了，才对你说的一些奇怪的事感兴趣。但我马上就冷静下来了，觉得不能做傻事。"

"真的吗？"田上目光游移，"我看到那篇报道的时候，还以为就是你做的呢。"

"不是我。我之前想杀的根本不是那个人,而且昨天我把东西给你寄回去了。"

"我知道,今天我收到了。不过,聪美,那东西从盒子里拿出来过,没错吧?因为包装的方式和原先不一样了。还有,里面的劳保手套少了一只。"

"劳保手套?"聪美怔住了。

"就是厂里用的那种。"

聪美咬住下唇,这是她紧张时的习惯性动作,但她还是极力保持镇静。"我出于好奇,从盒子里拿出来看了一下,劳保手套也许就是那时候掉出去的,应该就在我家里,如果需要,我给你寄过去。"

"不用,这个无所谓。原来是这样啊,我以为你真的用了那个东西呢。毕竟报纸上说事发现场在浴室,还有死者胸前的皮肤细胞也坏死了,和我预计的情况完全吻合……"

"我说不是了,你怎么没完没了的!"聪美不客气地说。

田上的神情一下子怯懦起来。"不是就好。"

这时,旁边电梯的门开了,不知哪家店的女招待陪着客人从里面走了出来。

"我很忙,你别再来这儿了。"说着,聪美快步走进电梯,按下关门键。

很快,电梯门就把田上恋恋不舍的目光挡在了外面。

聪美抚着胸口,怦怦直跳的心难以平静。她没有料到田上升一会把那则不起眼的新闻跟她联系起来。不，这件事登在了报纸上，本来就在她的计划之外。

"用这个东西杀人，史无前例，别人绝不会想到是他杀。"田上借给她东西时曾断言道，"估计只能判断为心脏麻痹。"因此，她才下定了决心。

聪美想，如果高崎邦夫被认定为死于心脏麻痹，此事根本不会出现在报纸上，就算是田上，也不可能知道她是否真的下手了。如此一来，只要她坚称没用过那东西，田上也抓不到她的把柄。

聪美努力打起精神。虽然有些危险，但似乎已经瞒过了田上。他没用那个东西杀过人，尸体会是什么样子，他应该也不确定。不能在这里失败，她暗暗给自己打气，还没到决定胜负的时候呢。

她想起杀死高崎邦夫的那一刻。奇怪的是，她现在没有感到丝毫恐惧，也不后悔，心中反而充满目的顺利达成的安心之感。

当时躺在浴缸里的高崎邦夫看见聪美拿着那个东西走进浴室，没有起疑心。聪美事先已经拿给他看过，骗他说是专门在浴室里用的保健器械，所以那个东西贴上他胸口的时候，他一定没有想到几秒钟后心脏就会停止跳动。直到最后他都在猥琐地笑着，这便是最好的证明。

大概没有比这更轻松的杀人方式了吧，田上真是借给了自己一个好东西。

出了电梯，聪美才想起手里拿着田上给她的纸袋。回到店里之前，她往里看了一眼，不禁皱了皱眉。

里面装着一枚手工制作的胸针。

6

去过Curious的第二天下午四点，草薙独自来到位于埼玉县新座市的东西电机股份有限公司埼玉工厂，他查到内藤聪美白天就在这里上班。本打算提早行动，但他直到下午两点才打通Curious的妈妈桑的电话。

在大门口的访客登记簿上登记后，草薙用内线电话联系了聪美所在的试制生产部试制一科。他报上身份，提出想了解一些情况，希望和部门的人谈谈。科长闻言，立刻紧张地问："我们这里有什么问题吗？"

"不，我不是说你们和什么案件有关系，只是想咨询一些情况。能不能请哪位抽出点时间来？我知道大家都很忙。"

"啊，原来是这么回事。谁合适呢？男员工比较好吧？"

"嗯，是的。"虽说要问聪美的事，可能还是女员工更合适，但要是聪美本人过来就麻烦了。

"我马上派人过去。"科长说完，挂断了电话。

在警卫室前等了约五分钟，草薙看见一个四十五岁左右的矮个男人无精打采地向他走来。男人自称是组长，姓小野寺。草薙明白，车间里最容易抽出时间的人就是组长。

"请问，要我说什么事呢？"小野寺隔着帽子挠了挠头。莫名其妙地和警察会面，大概令他感到很困惑。

"想请您介绍一下工作上的事，"草薙和颜悦色地说，"比如工作内容或员工情况。"

"哦，是这样啊。"小野寺抚着后脖颈，"那您先到我们车间看看吧？"

"方便吗？"

"嗯，已经得到批准了。不过，请您戴上这两样东西，好吗？"小野寺把写有"参观者"的安全帽和一副防护眼镜拿了过来。

据小野寺介绍，他们工作的地方就在试制生产部的工厂里。试制生产部，顾名思义，是生产试制样品的部门。而小野寺所在的试制一科，主要负责生产电子元器件的试制样品。

"啊，对了，这个您有印象吗？"去车间的路上，草薙从外套的口袋里掏出一个塑料袋，里面放着高崎纪之在盥洗室捡到的棉线劳保手套。

"这只手套吗？"小野寺端详了一会儿，"看上去和我们这儿用的一样，不过这类东西本来也都是这样。"

"是啊。"这个回答在草薙的意料之中，他一开始就没有抱太大希望，于是马上把塑料袋放回口袋里。

工厂很大，可以容纳两三个标准体育馆。在宽敞的厂房里，摆放着许多旋床、钻床等机床。每个工位之间没有隔断，上方悬挂着印有"试制一科"的牌子。草薙觉得，与其说是自动化的工厂，毋宁说是一个巨大的町工厂。

"这里没有生产线吗？"草薙问小野寺。

"是的。生产线是在产品设计确定下来，开始批量生产后才设置的。我们这里的工作是把设计师还不够有自信的样品试制出来，也就是手工制造单独的一件产品。"

"听起来好像很有难度。"

"是的，为了达到各种苛刻的要求，我们拥有最新的设备。比如铁板定形加工，不能为了一件产品专门制造模具，这时就要用到激光切割机。"小野寺鼻孔微张，看上去对自己的工作充满自豪。

操作机床的工人无一例外都是男性，"线圈组"制作小型线圈的则都是年轻女性。无论男女，每个人都戴着帽子和防护眼镜。汤川竟能看出内藤聪美白天在工厂工作，草薙再次对他的洞察力深感钦佩。

"试制一科有没有处理行政工作的办公室？"

"有，不过不是单属于我们一科的，试制生产部整体的办公室都在厂房最里面。需要我带您去吗？"

草薙想了想，点头道："那就麻烦您了。"他之所以迟疑片刻，是想到可能会遇到内藤聪美，但他决定等真碰到了再说。

到了办公室，小野寺向科长介绍了草薙。草薙飞快地环顾了一下室内，幸好没有看到内藤聪美。

科长姓伊势，刨根问底般问了草薙的来意。草薙只好又拿出那只劳保手套，表示是在某案发现场发现的。

"您为什么会从这只手套找到我们这儿呢？"伊势提出理所当然的疑问。

"这就属于我们侦查上的保密事项了，不过接受调查的不光你们一家，不必担心。"草薙马上收起塑料袋，"对了，科里有女员工吗？"

"您是说女工人？"

"不是……"

"那是事务员？有一个，姓内藤。"伊势朝周围扫了一眼，"刚才被上司叫走了。"

"她是个什么样的人？"

"什么样……就是个普通的女孩。"

"周围都是男性，想必她很受欢迎吧？"

"可以这么说。"伊势露出发黄的牙齿。

"她在和同事交往吗？"

"这我倒没听说……怎么？内藤有什么问题吗？"

"没有，我只是出于好奇。"

看来，这个中年男人对内藤聪美的真实一面一无所知。更令草薙在意的是，他发现有一个女员工一直注意着他们。那是一个坐在稍远处的女子，看上去正在写着什么。

草薙客套了几句后，站起身来。一旁的小野寺要把他送到门口，他婉言拒绝了。

从短发女子身旁走过时，草薙瞥了一眼她桌上的电话。话筒上标着四位数字，应该是内线号码。他牢牢记在心里。

一出办公室，草薙就在附近借用了一部电话，按下刚才记住的号码。隔着玻璃窗，他看见短发女子拿起了听筒。他小心翼翼地报上名字，说想了解关于内藤聪美的事，但出于一些原因，希望能对伊势科长等人保密。他的直觉很准，女子果然干脆地答应了。恐怕她一直好奇不已。

女子让草薙在厂房外的休息区等她。草薙去了那里，刚在自动售货机上买了一罐咖啡，她就小步跑了过来。

二人在休息区的长椅上并排坐下，女子自称桥本妙子，隶属试制二科。

"其实，最近有人离奇死亡，我正在调查相关人员的信息，内藤聪美是其中之一。"草薙权衡后，决定对桥本透露一部分实情。

"死者是个男人吧？"桥本妙子的小眼睛里闪烁着光芒。

"为什么这么说？"

"我猜得不对吗？"

"站在我们的立场上，我不能透露过多信息，不过我也不否定。"

"果然!"桥本一副兴奋又期待的样子点了点头。

"这么说来,内藤在异性关系方面不太检点?"

"别看她在厂里显得很老实,不止一个人在闹市区见过她和陌生男人在一起。"

"哦?"听桥本的口气,她好像并不知道内藤兼职陪酒的事。"她有固定的交往对象吗?"

"这我不清楚,但至少在这里没有。她以前常说对工厂里的人不感兴趣。"

"是吗?"

"她还说理想的结婚对象是东京本地的精英,明明她自己不过是个来自新潟的高中毕业生!"桥本妙子撇了撇嘴。

"心气真高。"

"是啊!"妙子用力点了点头,"有个其他科的女孩去过她家,说她用的全是名牌。不过,"她压低声音,"好像有一阵子她的信用卡透支了很多钱。"

"真的?"

"她还为这件事找同事咨询过呢。"

"后来解决了吗?"

"好像是解决了。大家私底下议论纷纷,不知道她是怎么解决的,毕竟她那时欠了好几百万呢。"

"真不得了。"

"是吧?"妙子瞪大了眼睛。

光靠在那家店打工,很难还上这么一大笔钱,草薙脑海里浮现出 Curious 里的景象。

二人走出休息区,草薙正准备道谢后离开,桥本指着一个方向,小声说:"瞧,那个人也是聪美的追求者。"

草薙望了过去,只见一个穿着工作服的年轻人正推着手推车走过。

正是在 Curious 门口等聪美的那个人。

7

内藤聪美去 Curious 上班时,心里喜忧参半。

喜的是和松山文彦进展得很顺利,今天还因此被部长接见。

松山文彦是总公司生产技术部的一名员工,背景却不普通。他是"东西电机"的承包商"松山制作所"的继承人,将来必然会回到他父亲的公司,现在只是以实习的形式在东西电机工作。公司人事部事先就知道这件事,之所以让他选择生产技术部,也是因为这个部门和松山制作所的业务往来最为频繁。

两个月前,松山文彦对聪美一见钟情。为了洽谈工作,他去过几次新厂房,因此认识了聪美,很快被她吸引了。

松山文彦想和聪美交往的意愿竟然是十天前通过部长传达给聪美的。

聪美认识松山,但从没想过松山会喜欢她。毕竟,她当时并不知道松山的特殊身份,所以没怎么关注他。然而听完部长的介绍后,她立刻对松山产生了浓厚的兴趣,甚至感到这是她一生中最重要的机会。

部长问了她两个问题,一个是目前是否有男友,另一个是是否愿意和松山交往。

她马上回答没有固定交往的男友,至于另一个问题,她想好好考虑一下再给出答复。

今天,部长又叫她过去,问她考虑的结果。她故作羞涩,表示愿意和松山交往。部长很开心,说了一番祝福的话,好像他们的婚事都定下来了似的。

沉浸在幸福之中的聪美走出了部长办公室。然而回到工厂没多久,她就遇上了一件不愉快的事。带来这股不祥之风的,是旁边那个科的桥本妙子。此人乍看之下非常热情,其实很阴险。聪美特别讨厌这个比她早进公司一年的女同事。

她刚回到位子上,妙子就亲热地凑了过来。"刚才你们科来了个不同寻常的客人呢。"

"哎?什么样的客人?"

"那个人啊,"妙子压低声音,"是警察。"

聪美心里一惊,却还保持着平静的样子。"是吗?发生什么事了？"

"听说有杀人案。"

"什么？"聪美感到浑身发热。

"还有啊，不知道为什么，后来还特意把我单独叫出去了。你猜他问我什么？"

妙子说话时从唇间不时闪现的红色舌头，让聪美联想到吐着信子的毒蛇。

"我不知道。问你什么了？"

妙子的声音更小了："问了你的事。问你有没有男友，还有平时是不是一个招摇的人。"

聪美哑口无言，她完全想不出是怎么被警察盯上的。

"不过，放心吧！"妙子说，"我说的都是好话，说你是个特别优秀的女孩，警察先生好像也相信了。"

"那真是谢谢你了。"

妙子洋洋得意地回到自己的工位上。看着她的背影，聪美感到恶心。

聪美不认为妙子会为她说好话。她知道一定要做好心理准备，因为不知什么时候警察就会直接找上门来。不过没关系，什么证据都没有。那天杀死高崎邦夫后，已经把他放在包里的借条全都找出来拿走了，而且没有留下指纹。不会有人知道她和高崎的特殊关系。

聪美重新打起精神，像往常一样应付着醉酒的客人。她已经开始考虑辞掉这份工作了——东西电机是禁止兼职的，况且如果公司同事知道她在这种地方打工，肯定会影响她和松山文彦的事。找机会和妈妈桑提一下吧——正想着，忽然有人拍了一下她的肩膀，回头一看，是前辈亚佐美。

"吧台那儿有个男的找你。"亚佐美在聪美耳边小声说，又用大拇指指了指吧台。

聪美不解地向吧台看去，瞬间蹙起了眉。

田上升一穿着一身和他不相称的西装，正望向她。

8

环状磁铁上方悬浮着一个用铝箔纸包住的像石子一样的物体。周围冒出的白烟，是空气中凝结的水蒸气。

这个像石子一样的物体是超导体，用液氮冷却后，被隔热材料和铝箔纸包住了。

身穿白大褂的汤川用镊子将超导体按在磁铁上，随后松开。超导体再次悬浮起来，这次离磁铁更近了。

汤川将磁铁翻转，超导体依然和磁铁保持着同样的距离，只不过这次悬浮在了磁铁下方。无论汤川如何转动磁铁的角度，超导体都像被看不见的金属零件固定着，和磁铁之间的距离不曾改变。

"这就是超导体中的磁通钉扎,简单来说,就是利用磁力固定在空间里。磁悬浮列车也应用了这个原理。"说着,汤川把磁铁和超导体放到桌上。

"科学家可真会想啊!"草薙佩服地说道。

"不如说发现的东西更多吧。从这个意义上来说,科学家可以称为开拓者。如果认为科学家只会在研究室闭门思考,那便是极大的误解。"

"那帮我看看能发现点什么吧。"草薙把汤川搭在椅子上的外套扔给他。

"那要看是否真有什么。"汤川答道。

今天草薙来到帝都大学,是想带汤川去高崎邦夫死亡的事发现场。高崎的死因依然成谜,这位物理学家是警方最后的指望了。

让汤川坐到副驾驶座上,草薙驾驶着爱车天际线开往江东区。途中,他忽然想到一件事。"我们可以先绕路去另一个地方吗?"

"麦当劳汽车餐厅?"

"比那里更有情调。"

草薙想去的是一开始在 Curious 招待他们的河合亚佐美的家。为了打听内藤聪美的事,他向 Curious 的妈妈桑问来了亚佐美家的地址。

"我就在车里等你吧。"车开到了河合亚佐美住的公寓楼下,汤川坐在车上说。

"别这样,你就和我一起上去吧!比起我,她可能对你印象更深。"

"她要是知道了你是警察,不管怎样都会有戒心。"

"正因如此,才让你和我一起去嘛。"

河合亚佐美在家。开门时,她穿着T恤和牛仔裤,似乎准备出门,脸上没有化妆,显出几分稚气。她还记得草薙。得知他是警察时,有些生气地说:"你不是说是个工薪族吗?"

"警察也是每月领工资的。而且,他可是如假包换的大学副教授。"草薙指了指身边的汤川,"其实,我想了解一些内藤聪美的事。"

"原来你们的目标是聪美。"

"说不上是目标。她真的有负债吗?"

"嗯,我听她提过,说是每月的贷款很难还完。"

"那现在呢?"

"不知道,最近没听她提起,可能已经解决了吧。"

"向店里借了钱吗?"

亚佐美笑了起来,肩膀随之抖动。"把钱预支给打工的人?妈妈桑没有这么好心肠。"

这时,从房间里走出一只灰猫。

"啊,是俄罗斯蓝猫。"汤川低头看着猫。

"老师,您很了解呀。"亚佐美把猫抱起来。

猫的项圈上挂着一枚胸针似的东西。草薙说道:"给小猫戴的东西都这么漂亮!"

"是聪美给我的。"

"她给你的?"

"她说公司里有个男人在追她,这枚胸针就是那个人为她做的。但她嫌土气,就送给我了。我也不想戴,便给 Neon 当项坠了。"

Neon 大概是这只猫的名字。

"嚙,这个人手真巧啊。"

胸针的设计是在圆形金属片上雕刻出女子的侧脸。

"不好意思。"汤川伸手拿过胸针,"这是硅片。"

"硅?"

"就是半导体材料。竟然能在这么硬的东西上刻出图案。"

"估计是用了什么工具吧。工厂里应该有各式各样的机器。"

"但是——"

说到这里,草薙觉得汤川眼中一亮。

"是这样啊。"物理学家说,"我明白了,我解开了神秘的尸体之谜了。"

"真的?!"

"可能吧。让我去一下那个工厂,也许就能得到确凿的证据。"

"我们这就去。啊……今天是周六,工厂休息吧?"

"车间里休息日或许也上班,先去看看吧。还有,"汤川看向亚佐美,"可以把胸针借给我吗?"

"好的。"亚佐美把胸针从项圈上摘下来,"请问,这是怎么回事?"

"我又有了一个新发现。"汤川回答。

9

田上升一住的公寓在志木市。打开窗户,后面就是一片树林,巨大的麻栎树的枝条触手可及。

内藤聪美跪坐在田上给她拿来的旧坐垫上,打量着室内。除了四叠半和六叠大的两个和室,还有一个铺着木地板的小厨房。墙上贴着前不久很有人气的女性偶像的海报,书架上摆着一排动画片录像带。

"不知道合不合你的口味。"田上用托盘端来红茶和蛋糕。

"看起来很好吃。"

"我买了很多,你别客气。"

"谢谢。"

"真高兴你能到我家来,好像我们已经结婚了似的。"

田上的话让聪美起了一身鸡皮疙瘩,但聪美脸上还是保持着笑容。

"我想和你好好聊聊，明天去你家，可以吗？"昨天，聪美主动对来 Curious 的田上说。

她这么做自然是有原因的——田上此前说的话让她不寒而栗。"聪美，我听说高崎邦夫是店里的常客，而且一直特别照顾你，对吧？看来，果然是你做的，对吧？"

田上知道的事太多了，很难敷衍过去。要是再不理会，等他对警察说了什么，那就更麻烦了。聪美今天来这里，就是为了彻底了结这件事。

"对了，你把那东西拿来了吗？"聪美端着茶杯问。

"那东西？"

"就是……那个啊……"

"哦。"田上点点头，起身朝玄关走去。

聪美打开偷偷带来的安眠药的袋子，飞快地倒进田上的杯子里。白色的粉末瞬间沉了下去。这是她从店里的常客那里得到的。

"我拿回来了，你看。"田上拎着一个大运动背包走了回来，"今天一早我跑到厂里，悄悄拿出来的。"

"抱歉，让你特意跑一趟。"

"没关系。不过，你想确认什么？别担心，警察不会想到凶器就是它。"田上心情愉悦地说。

"希望是这样。"

"放心，只要我不说出去，就不会有事的。我和你站在同一战线。对你不好的人，死就死了吧。那个家伙也不是什么好东西吧？"

"是啊。"

"那种人死了也好。心都坏死了，用让他皮肤也坏死的方式杀了他正合适。"说完，田上把茶杯里的红茶一饮而尽。

10

"你说超声波？"草薙手握方向盘，转头看向副驾驶座。他正驾车前往东西电机的埼玉工厂。

"是的，超声波。"汤川目视前方，"死者胸前那块奇怪的瘀血，就是它造成的。"

"超声波还能做到那种事？"

"根据使用方法不同，还有'超声波疗法'，善加利用也能促进人体健康。"

"如果用错了地方，也可能成为凶器吧？"

"没错。"汤川点头道，"超声波在水中传播时会产生负压，使水中出现空泡或气泡。由负压变为正压的瞬间，这些空泡就破了，但同时也会产生极大的破坏作用。利用这一现象，甚至可以对宝石和硬质合金进行加工。"说着，他拿出那枚胸针，"这块硅片就是利用超声波精细加工而成的。"

"居然有这么大的力量?"

"大得可怕。"汤川接着说,"所谓超声波疗法,可以看成按压次数极多的按摩,但据说在同一部位长时间放射也会有危险。一旦操作不当,还可能导致内脏穿孔或神经麻痹。"

"也能使皮肤的细胞坏死吗?"

"非常有可能。"

草薙拍了一下方向盘。"既然你知道这么多,为什么没有早点想到?"

"别强人所难。谁会想到这么特殊的东西竟然就在身边?"

"我还是无法想象凶手是怎么行凶的。"

"我也只是猜测而已。"汤川谨慎地说,"凶手大概是将超声波加工设备的变幅杆贴近躺在浴缸里的被害人胸部。"

"变幅杆?"

"是振动系统的一部分。"

"那东西容易操作吗?"

"小型的和吹风机差不多大,自带电线和电源。电源有各种型号,应该有手提保险箱那么大的。"

这个人真是什么都懂啊,草薙再一次暗叹。"凶手把变幅杆贴近被害人的胸部,然后呢?"

"按下开关就行了。"汤川简洁地说,"变幅杆顶端可能会产生很多剧烈振荡的气泡,全都打在了被害人胸部,同时,超声波通过水、皮肤、体液,最后到达心脏,就这样,强烈的超声振动麻痹了心脏神经。"

"一瞬间就能完成吗？"

"不需要太长时间。"

真是一种可怕的杀人方式，草薙摇了摇头。

到达工厂后，草薙直接去了试制一科的车间。已经提前通过电话确认小野寺今天上班。

"超声波？"小野寺来回看了看草薙和汤川。

"这里应该有可以进行这种加工的机器吧？"汤川把胸针递到小野寺面前。

"啊，这是传感压力器上用到的硅片。"小野寺仔细看了看胸针，"这上面打了很多直径约一毫米的小孔。啊，对了，应该就是用超声波打的。"

"这种机器放在哪儿？"

"在这边。"

小野寺朝那里走去，草薙和汤川紧随其后。

"就是这台。"小野寺指着一台固定在水槽中的超声波加工设备。变幅杆顶端安装着许多金属针，像剑山①一样，可以同时打出多个小孔。

"不是这个。电源太大了，难以搬运。"汤川自言自语后，问小野寺，"没有其他超声波加工设备了吗？"

"有，我们有各种类型的，超声波焊接机、超声波研磨机

---

①插花用的针盘，用于固定花枝的基本用具。

等等。"

"有没有方便携带的？"

"方便携带的……"小野寺隔着帽子挠了挠头，"那种啊……"

"有吗？"

"嗯……"小野寺看向旁边的铁架，上面摆放着各种测量仪器和纸箱。"咦？奇怪……"他疑惑地歪着头，然后问旁边的工人，"喂，迷你超声波放到哪儿去了？"

"不在这儿吗？"年轻的工人也看向铁架，"奇怪，之前确实放在这里。"

"负责保管的人是田上吧？"

"是的。"

"田上？"草薙再次问道，"是田上升一吗？"

"您认识他？"小野寺意外地回头看着草薙。

"嗯，知道这个人。"不正是桥本妙子口中追求内藤聪美的人吗？"田上负责管理那台机器？"

"对，他操作得最熟练。"

"他现在在哪儿？"

"他今天休息。"

"休息……"草薙心中掠过一股不祥的预感，"能告诉我他的住址吗？"

11

田上升一开始不停地打哈欠。"奇怪,怎么这么困?"

"你去躺会儿吧。"聪美说。

"不用,没事。"说完,田上又打了一个哈欠,"好像并不是没事……"

"要是太困,"聪美抬眼看着他,"不如泡个澡?"

"泡澡?"

"嗯,能解解乏,而且,"聪美皱着眉说,"你身上好像都有难闻的气味了。"

"是吗?"田上不禁闻了闻自己的腋下。

"泡完澡……"聪美接着说,"我们做一次?"

"啊,嗯……"田上站起来,摇摇晃晃地朝浴室走去,"那好吧。"

他进了浴室,很快又出来了,大概刚才只是拧开了水龙头放水。

"放满水要多长时间?"

"大约十五分钟吧。"说完,田上马上坐到榻榻米上,昏昏欲睡。

聪美跪坐在坐垫上,耐心地等待着。田上已经睡着了。

过了十四分钟，聪美把田上摇醒。"喂，你别在这儿睡啊。去泡澡吧。"

"啊，抱歉抱歉。"田上搓了搓脸，脱了衣服，慢吞吞地走进浴室。

聪美把耳朵贴在浴室门上，仔细倾听着，一开始听到了水流的声音，很快里面变得鸦雀无声。

"喂！"估计时间差不多了，聪美扬声道，"你还醒着吗？"

没有人回答，于是她轻轻推开门。

田上枕在浴缸边，闭着眼睛，看样子正在熟睡。

聪美蹑手蹑脚地朝田上拿来的运动背包走去。打开一看，里面装着一个瓦楞纸盒，她把盒盖掀开，映入眼帘的正是上次用过的那台超声波加工设备。

用法她还记得清清楚楚——把机器上的电线连上电源，再把电源插在家用插座上，然后只要按下机器的开关即可。

聪美刚把机器从纸盒里取出来，突然被人从背后紧紧抱住了。

"你果然是想杀了我啊。"

聪美背部的衣服被田上身上的水弄得湿漉漉的。田上的力气很大，她挣脱不开。

"没有！不是的，你先听我说。"

"我不听！没用了，聪美，本来我那么相信你。"

田上伸手抓过放在书架上的胶带，巧妙地把聪美的双手扭到背后,用胶带一圈圈绑住了她的手腕。聪美的双手不能动了。

"住、住手!这是个误会!求求你,饶了我!"

聪美拼命哀求着,田上却像没听到似的,把聪美的脚腕也用同样的方法固定住。聪美已经动弹不得。

田上抱起聪美走进浴室,直接把她放进浴缸。

聪美不由得尖叫起来:"你要干什么?!"

"你最好别出声,我这是为你好。"

说完,田上走了出去。等他回来时,聪美看到他手里拿的东西,不禁双目圆睁——是那台超声波加工设备。

"我给你一个悔过的机会。"田上说,"嫁给我,并且保证绝不背叛我,我就饶了你。如果你不愿意,"他把机器靠近聪美的胸口,可乐瓶形状的银色变幅杆碰到了水面,"那我就只能按下开关了。"

聪美剧烈地扭动身体。"饶命!求你了!饶了我!"

"你能保证吗?"

"我保证!你说什么我都听你的!别杀我!"

田上居高临下地看着聪美,没有说话。聪美盯着他那像鱼一样不带任何情绪的眼睛,感到不寒而栗。

"不,"田上说,"这不是你的真心话,你是在为了活命而撒谎。看来只能这样了。"说着,他再一次将变幅杆靠近聪美的胸口。

这时,门铃突然响了。

12

按了两次门铃,都没有人应答。

"不在家吗?"草薙说。

"但厨房的窗户开着。"汤川站在窗下,踮起脚向里张望,脸色突然变了。

"怎么了?"草薙问。

"有尖叫声,"汤川回答,"能听到女人的尖叫。"

"什么!"草薙想把门打开,但门从里面反锁了,而且门是铁制的,无法撞破。

"还是采取合理的行动吧。"汤川把窗户开大,蹲下身,看来是想让草薙踩着他的肩背跳进去。

"不好意思了。"草薙踩着汤川的肩,上半身探进窗户。

屋里没人,但草薙立刻听到浴室里传来叫喊声。他打开了浴室门。

一个一丝不挂的男人正按着一个衣服被水浸湿的女人,女人挣扎着想从浴缸里爬出来,男人则死死地按着她。

草薙抓住男人的肩,将他拖了出去。男人瞬间摔在了榻榻米上。女人下半身还浸在浴缸里,表情僵硬。二人都用力喘着粗气。

"这是怎么回事？"草薙看着他们问。

汤川也终于从窗户跳了进来。他慢慢走近浴室，用手帕垫着，拿起滚落在地板上的超声波加工设备。"似乎要听到有趣的故事了。"他说。

草薙看着全裸的男人。男人则盯着女人，低声说："真正坏死的，是你的心。"草薙又看向女人，只见她慢慢躺回浴缸，闭上了眼。

第四章

爆裂

1

双筒望远镜聚焦后,捕捉到的是一个穿着蓝色泳衣的身影。

女人撑着上半身,坐在一块显得廉价的塑料布上。她戴着深色太阳镜,也许是香奈儿的。她身边仰躺着一个男人,也戴着太阳镜,全身像是涂满了防晒霜,在太阳下反射着亮光,隐约可以看得到肋骨的胸部微微发红。

女人的皮肤似乎一点都没有晒红。她随着遮阳伞投下的阴影不断调整位置,并不时往四肢上涂抹防晒霜似的东西。

今天的阳光非常强烈。女人像是突然想起来什么似的,提起泳衣的肩带一看,身上已经有了一道白色的痕迹。她皱了皱眉,对男人说了句什么。或许是说在这种地方待的时间长了,皮肤难免会受伤吧。男人依旧躺着,笑着答了一句,可能是在说:不是你说要来海边,我才带你来的嘛?

"没想到光照这么强,都九月份了。"

"你在说什么呀,接下来紫外线会更强。"

他一边拿着望远镜看,一边给那对男女配音。这时,女人把肩上披的毛巾放到一旁,摘下太阳镜,起身拿起放在旁边的充气浮排。

"我去游一会儿,你呢?"

"我就算了,你去吧。"

女人穿上沙滩凉鞋,向海边走去。

他放下望远镜,用肉眼确定女人的位置。虽然已是九月,湘南的海边依然满是情侣和带着孩子的游客。今年特别流行蓝色泳衣,所以他费了好大工夫,才重新找到女人的身影。

女人在海边脱掉沙滩凉鞋,抱着充气浮排赤脚走进海里。

他打开身边的保冷箱,拿出用防水塑料袋装好的那个东西,缓缓起身。

梅里律子不擅长游泳,可是很喜欢大海。抓着充气浮排随海浪漂浮,使她真切地感受到大自然的美妙,时间的流逝好像都变得缓慢了。

婚前,二人就时常到海边来。那时,丈夫尚彦住在藤泽,二人常常在横滨约会。如果律子提出想游泳,尚彦就会马上改变所有计划,驾驶他那辆帕杰罗带律子去海滨浴场。也因此,帕杰罗的后备厢里总是放着二人的泳衣。

像这样悠闲的二人世界,也许不会维持多久了,律子想。

结婚快一年还没要孩子,但很快也该考虑这个问题了。一是双方父母都唠叨不休,二是夫妻俩的年龄不小了,律子今年已经二十九岁了。

其实,她还想学趴板冲浪和水肺潜水,但考虑到想要孩子,眼下只得搁置了。没办法,她自我开导着,现在已经很幸福了,如果打算要孩子,只能牺牲一两样其他的乐趣了。

今天的天气真不错,律子想。她将上半身趴在充气浮排上,闭上双眼,感觉就好像躺在一张巨大的水床上。被海水打湿后变冷的肌肤也很快暖和起来。

不经意间,她感到浮排下面似乎碰到了什么东西。她睁开眼,看到好像有人潜到了她的下方。

一簇小小的水花扬起,水中冒出一张男子的脸,是一个短发年轻人,戴着泳镜。

"抱歉。"他简短地说完,又潜回水中,不知游到哪里去了。

律子想起刚刚掠过脑海的念头,不禁苦笑起来。那个年轻男子刚出现的时候,她还以为对方要和她搭讪。几年前,也不是没有发生过这种事,但自从过了二十五岁,就没有男人主动和她搭过话了。

已经到该踏实过日子的年龄了,她对自己说,所以该要孩子了吧——

等她回过神,已经被海浪冲到了远处,四周的人也变少了。律子用脚划着水,转了个方向。

155

就在这时，有什么东西向她袭来。

梅里尚彦目击了那一瞬间。

在那之前，他就直起身，用目光寻找漂浮在海上的妻子，一眼就看到了她的身影。粉色的充气浮排非常醒目。她像刚才一样抓着浮排，在浪间轻飘飘地浮着。

他拿出一支柔和型卡斯特烟，叼在嘴里，用之宝打火机点燃。喝空的可乐罐正好用来当烟灰缸。

他抽着烟，望着妻子的身影。一个男人似乎在和妻子说话，不过很快就游走了。

他看见妻子急忙转身向回游，似乎终于发现只有她被冲远了。真笨，他想。

他吸了一口烟，吐出烟圈。就在这一瞬间，随着一声突如其来的巨响，妻子的身影被火柱取代了。

黄色的火柱就像是刺破了海面一般突然窜出。剧烈的冲击力将周围的海水瞬间变成白色，然后水中又迸溅出一簇簇小火柱。

第一声爆炸后，整个海滨浴场好像变成了一个定格的镜头。其他游客不知道发生了什么，都怔愣地望着火柱。很快，所有人都陷入了恐慌。每个人都争先恐后地从海里向沙滩上游去。尖叫、怒吼、呼喊……梅里尚彦想起了史蒂文·斯皮尔伯格执导的《大白鲨》。影片里的人们被鲨鱼吓得四散奔逃，现在则是被火柱吓得作鸟兽散。之所以想起这部电影，是因为他完全不知道发生了什么，一时无法正常思考。他僵坐在垫子上，手上依然夹着那支烟，望向妻子刚才漂浮的海域，寻找着她的身影。

海面已经恢复了平静，只剩下一圈圈细小的白色泡沫。

周围的人都在叫喊，而尚彦充耳不闻。

终于，他站了起来，跟跟跄跄地朝海边走去。他至今也不明白到底发生了什么，只知道大家都回到岸上了，妻子却还没有回来。

"律子……你在哪儿？"

很快，海面上的漂浮物映入眼帘——粉色的像橡胶一样的东西。

他想起律子用的充气浮排就是这个颜色。

2

得知打来电话的人是住在"坂上高地"的居民时，加藤敏夫就预感不妙。这栋已建成十年的公寓楼不仅造价低廉，且建造时因没有考虑住户的隐私，导致居民之间纠纷不断，单身入住者多也是原因之一。东京有关垃圾回收的新条例已经出台多年，但这里还是有不少人完全不遵守规矩。

不出加藤所料，是投诉电话。住在一层的一位主妇抱怨楼上的阳台往下滴水,气势汹汹地说:"我今天好不容易洗的床单都白洗了!"

"嗯,楼上住的是藤川先生吧?他不在家吗?"

"要是在家我就不给你打电话了!快想想办法!"主妇歇斯底里地嚷道。

"好、好,我马上就过去。"

挂断电话,加藤皱着眉开始翻找坂上高地的钥匙。藤川雄一是单身,但从未引起过什么纷争。上次见到他还是在签租房合同的时候,加藤记得他是个少言寡语的年轻人。

将公司委托给其他人照看后,加藤开着一辆轻型客货两用车出发了。"加藤不动产"是他从父亲手中继承的公司。

"从三鹰站步行仅七分钟的优雅住宅"——这是坂上高地当年的宣传文案。步行七分钟倒是不假,可一旦看到那已经变成灰色的楼体,多少会对"优雅住宅"这一形容感到抵触。由于离主干道太近,墙体都被往来车辆排出的尾气熏黑了。

加藤绕到阳台一侧,查看了一下出现问题的地方,立刻就找到了原因:藤川家的空调排水管错位了,导致水滴到了楼下。据楼下的主妇反映,藤川应该不在家,但空调的室外机仍在工作。要么是忘记关空调了,要么是因为天气太热,去上班也特意开着,加藤推测。

不管怎样,不能置之不理,他边想边掏出备用钥匙,走上了楼梯。

藤川的房间是二〇三号，门边的信箱里插着近两三天的报纸。他出差或是旅行去了吗？看来是忘记关空调了。加藤想着，打开了门锁。一瞬间，不祥的预感袭来。

这是个一居室，进门后左边是洗手池，里面是约五叠大的西式房间，但用来隔开房间和餐厅的推拉门关着，看不到餐厅里面的情况。

加藤脱下鞋，走进室内。他也不知道这么不舒服的感觉来自何处。

就在他要拉开推拉门的时候，他明白了——是一股异味。从门缝里散发出阵阵难以言喻的恶臭。

难道是……他拉开门。

房间正中央，一个穿着T恤和短裤的人趴倒在地，白色T恤上画着黑色地图一样的花纹，仔细一看，是从头部的伤口里流出的血。

两秒钟后，加藤退后了一大步，跌坐在地。

3

门上贴的去向告知板显示，汤川学现在去向不明。在室、课堂、实验室、外出、请假，每一栏都空着。草薙不经意地向门下方看了一眼，发现蓝色的磁铁掉在了地上。他弯腰捡起磁铁，敲了敲门。

开门的是一个头发染成茶色、眉毛也精心修过的男生。如今连理工科的学生都这么时尚啊，三十四岁的草薙不禁想道。

草薙问汤川是否在里面。男生露出意外的表情，也许是对面前这个可疑的男子对副教授直呼其名感到不可思议。他点头称是。

"现在很忙吧？我回头再来。"

"啊，不用，没关系的。"茶色头发的男生将门完全打开，请草薙进去。

一进门，草薙就听到汤川微带鼻音的说话声。

"如果钢瓶沉到水下，就必须思考它为什么会破裂、里面装的是什么东西。如果是因为某处破损而被腐蚀，为什么里面的气体没有先泄漏出来？还有，气体燃烧的原因又是什么？"

汤川正坐在椅子上，他的对面有三个学生。草薙不想打扰他们上课，汤川却看到了他。

"哦，这位客人来得正好。"

"不打扰你们吧？"

"没事。学习会结束了，闲聊几句。也想听听你的看法呢。"

"关于什么事的？你又要让我这个理科白痴闹笑话吗？"

"你会不会闹笑话我不知道。我们在聊的是这件事。"说着，汤川把桌上的报纸递给草薙。这是一周前的报纸，社会新闻的版面被折在了最上面。

"湘南海岸的爆炸案吗？"草薙看着报纸说。

"刚才我正对学生们进行智力训练，让他们试着给这件事做一个合理的解释。"

听了汤川的话，包括开门的男生在内的四名学生都有些坐立不安。

"这件事，警视厅也在收集信息，说不定和某个恐怖组织有关。"

"你是说也许是恐怖分子投放的炸弹？"

"不排除这种可能，未雨绸缪嘛。"

"神奈川县警方怎么看待这起案件？"

"不知道，毕竟东京和神奈川的关系不怎么样。"草薙苦笑道，他也是听同行说的，"听说他们也觉得很难办，因为现场完全找不到爆炸物的一丝痕迹。"

"是被海水冲走了吧？"一名学生说。

"也许吧。"草薙没有反驳学生的意见，心里却认为如果真是炸弹，神奈川县警方不会没有发现任何线索。

"警方认为这是刑事案件吗？"汤川问。

"姑且作为杀人案在调查，这种事总不会是由自然现象引起的吧？"

"所以我们才讨论了一番。"副教授看着学生们笑着说，"但是还没有得出结论。"

这时，铃声响了起来。学生们纷纷起身，看来是准备去上课了。汤川则留在了研究室。

"对他们来说,真是救命铃啊。"草薙坐到学生们腾空的位子上。

"光是列出式子解决问题,不能算是科学,这种时刻才是运用智慧的良机。"汤川站起身,把白大褂的袖子挽起来,"好了,我给你冲一杯速溶咖啡吧?"

"不用了,我马上还要去别的地方。"

"是吗?在这附近?"

"说近也近,就在这栋楼里。"

"哦?"汤川黑框眼镜后面的眼睛睁大了,"是什么事?"

"你有今天的报纸吗?不是这种一周前的旧报纸。"草薙环顾了一下周围的桌子,上面杂乱地堆放着资料和图纸等物,好像没有报纸。

"你又带来了可以当成教材的案子吗?说吧,发生什么事了?"

"三鹰的一栋公寓里发现了一具男尸。"草薙翻开记事本,"二十五岁,名叫藤川雄一,曾是公司职员。死后三天被发现,发现者是管理公寓的不动产公司老板。"

"这个案子我昨晚在新闻上看到了。天气这么热,尸体很快就会开始腐烂。我真同情那个发现者。"

"房间里的空调一直开着,凶手可能是为了防止尸体过快腐烂散发出异味吧。但连日的高温还是超出了凶手的预期。"

"是太热了。"汤川撇了撇嘴,"对脑力工作者来说,炎热是大敌,记忆力会被热度熔化。"

要是有那么热,把白大褂脱掉不是更好吗?草薙心想,但没有说出口。"你对被害人藤川雄一有印象吗?"他问。

汤川诧异地说:"为什么我应该认识被害人?难道他是个名人?"

"不,他只是个非常普通的人,但我原以为你可能认识他。"

"为什么?"

"他大概两年前毕业于帝都大学理工学院。"

"是吗?新闻里没有说得这么详细。他是哪个系的?"

"好像是……能源工程。"草薙翻看了记事本后回答。

"能源研究吗?那有可能听过我的课,不过我记不清了。看来他的成绩并不出类拔萃。"

"见过他的人都说他是个不起眼也不善于交际的人。"

"哦。你专门来到被害人的母校,肯定是有原因的吧?"说着,汤川扶了扶眼镜。这是他对事物开始感兴趣时的习惯性动作。

"不是什么重要的原因。"草薙从上衣口袋里拿出一张照片递给汤川,"这是在藤川家找到的。"

"嗯……"汤川看了看照片,皱起眉,"这是这栋楼旁的停车场吧?"

"多亏常来找你,我才多次出入这里。一看到这张照片,我就认出是这儿的停车场了。为此,其他侦查员还感谢了我。要是从头调查照片上拍的地方是哪儿,可太费劲了。"

"或许是吧。看上面的日期,应该是八月三十日拍的,大约两周前。"

"说明藤川那天来过学校。我想查查他来的目的。"

"会不会是作为校友参加了什么社团?"

草薙和汤川还是学生的时候就同属于羽毛球社。

"他的同学说他没参加任何社团。"

"如果不是为社团活动而来,"汤川双臂环抱,"有没有可能是为了公司招聘呢?不,现在已经过了招聘季。"

"就算没过,也肯定不是。"草薙断言。

"为什么?"

"刚才我不是说了吗?他曾经是公司职员,今年七月末就辞职了。"

"也就是说他现在没有工作?或许是为了找新工作来学校请人帮忙?"说完,汤川不解地歪着头,把照片还给草薙,"可是,他拍这张停车场的照片用意何在呢?"

"我就是来了解这件事的。"草薙看着照片。可容纳二十多辆汽车的露天停车场里停着几辆车,看不出可疑之处。

据草薙说,藤川在校时属于能源工程系第五研究室。汤川表示他认识那个研究室的助手松田。

"松田原本是物理系的,跟我同届。"去第五研究室的路上,汤川说。

"他们是研究什么的？"草薙问。

"第五研究室主要研究热交换系统。松田应该是专攻热学的。"

"热学？"

"简单来说就是研究热现象和物体热学性质的一门学问。从宏观来看是热力学，从原子、分子等微观的角度，应该算是统计力学。反正本来就没必要把两者分开讨论。"

"啊……"草薙觉得还不如不问这个问题。

二人来到第五研究室门前，汤川说了一句"你在这儿稍等一下"，直接推开门走了进去。大约一分钟后，门打开了，汤川再次出现，对草薙说："我跟他说了，他接受你的访问。"

草薙道谢后走了进去。

这间研究室也用作实验室，里面凌乱地摆着很多草薙不认识的测量仪器和实验装置。

一个身材瘦削的男子站在窗边的书桌前，短袖衬衫的扣子一直开到胸口。屋里确实很热。

汤川为双方做了介绍，男子叫松田武久。草薙和汤川并排坐在了折叠椅上。

"没想到你还认识刑警呢。"看过草薙的名片，松田对汤川说道，语调没有丝毫起伏。见草薙掏出手帕，他微微一笑。"对不起，屋里太热了吧？我刚才在做实验。"

165

"没关系……"草薙本想问是什么实验,但随即作罢——就算问了,他也听不懂。

"听说您是为了藤川的事而来。"松田先开口道。看来他也不想浪费时间。

"您知道这起案子吗?"

松田点了点头。"我昨天看新闻时没有注意,今天早上一个毕业生特地给我打来电话,我才想起来。"松田转过头对汤川说,"刚才我还和横森老师说起这件事。"

"是吗?要不是他告诉我,我还不知道那个案子的被害人是咱们学校的毕业生。"汤川指了指草薙,"横森老师也吓了一跳吧?"

"是啊。横森老师不仅是藤川毕业设计的导师,还帮藤川介绍了工作。"

"请问,"草薙插话道,"横森老师是……"

"他是研究室的教授。"松田答道。据他介绍,横森教授是藤川那届学生大四时负责就业指导的老师。

"您最近见过藤川吗?"草薙问。

"上个月他来过。"

果不其然,草薙想。"大概是什么时候?"

"中旬吧,大概快到盂兰盆节了。"

"中旬?他是为什么来的?"

"好像没什么特别的事,感觉就是来玩的。平时也常有毕业生回来，所以我也没有特别在意。"

"他和您都说了些什么？"

"说了什么……"松田想了想，抬起头，"对了，他提到就职的公司，说他辞职了。"

"我知道，是一家叫仁科工程的公司吧？"

"公司不大，但绝不是不良企业。"说完，松田转向汤川，"横森老师对这件事好像很在意。"

"是吗？"汤川点了点头。

"怎么了？"

"回头告诉你。"汤川对草薙眨了眨眼睛。

草薙轻轻吐出一口气，又看向松田。"藤川是怎么说他辞职的事的？"

"他没有细说，我也不便多问。不过他说要从头开始，我就暂时放心了，让他有困难来跟我商量。"

松田还告诉草薙，当天藤川并没有提出请老师帮忙介绍新工作，后来也没再联系过他。

"藤川之后就没有再来过，是吗？"

"是的。"

"奇怪，"汤川说，"上个月月底他应该又来过学校。"

"可我没见到他。"松田说。

草薙把那张照片递给了松田。

松田看了照片，神色讶异。"这是我们这儿的停车场吧？这照片是……"

"在藤川家发现的，上面显示的拍摄日期是八月三十日。"

"是啊。"松田歪着头说，"他为什么要拍这张照片呢？"

"除了研究室，藤川一般还会去学校的什么地方？"

"我也不知道。他也没有加入社团。留级生和研究生里也许有他的熟人，但我不太清楚。"

"是吗？"草薙把照片收了起来，"横森教授今天在吗？"

"他上午在，下午出去了，估计今天不回学校了。"

"那只好下次再来了。"草薙向汤川使了个眼色。汤川站了起来。

"没帮上什么忙，真抱歉。"松田说。

"最后还有一个问题。您对于这个案子有没有什么线索？哪怕是很小的细节也行。"

松田看上去低头苦想了片刻，最后摇了摇头。"他是个老实、认真的学生，我觉得他不会招人怨恨的，而且也没人会从他的死中获益。"

草薙点了点头，道谢后站起身来，正好看到旁边的废纸篓里扔着一份报纸，他捡了起来。"写得挺有意思。您也对这则报道感兴趣吗？"草薙把报纸递到松田面前。上面刊登着湘南海岸爆炸案的报道。

"这是横森老师拿来的。"松田说，"不过，这个案子确实很奇怪。"

"你怎么看?"汤川问。

"我完全没有头绪。如果是炸药,就属于化学领域了。"

"幸亏这案子没有发生在我们的管辖范围内。"草薙笑着把报纸扔回了废纸篓。

"仁科工程是主要生产配管的厂家,不过不要以为是普通的自来水管或下水管道,他们生产的是火力发电站和核电站的热交换机的巨大配管。横森教授担任技术顾问。因此,如果有学生想进那家公司,只要他打一个电话就可以了。"从第五研究室出来,汤川一边下楼一边对草薙说。

"那,藤川也是横森教授介绍进去的?"

"很有可能。不过,也可能恰恰相反。"

"什么意思?"

"也可能是仁科工程让教授推荐优秀的学生。现在就业难,但知名度不高的公司也很难吸引优秀的毕业生啊。"

"如果有教授的推荐,就难以推辞了。不过,最终还得看本人的意愿吧?"

"说起来有些可悲,大四的学生还都和孩子一样,能清楚地知道自己该进什么样的公司、做什么工作的学生少之又少,所以一旦教授大力推荐,有人就糊里糊涂地听从了。不知道藤川是不是这种情况。"

"他工作两年就辞职,也许原因就在于此。"

二人出了大楼,向停车场走去。停车场呈正方形,四周用铁丝网围着,可以随意进出。现在里面停着十三辆车。

"一般不允许学生把车停在这儿,否则早就停满了。现在的学生都太奢侈了。"汤川说。

草薙一边拿着照片比对,一边移动位置。看来,藤川是从路对面的楼上拍的。

"老师,您在干什么?"一名学生走过来问汤川。他留着长发,头发束在脑后。"是有人在您车上恶作剧了吗?"

"我没有车,正考虑买一辆,到停车场来看看哪种合适。"

"您是准备挑战木岛老师和横森老师吧?"

"啊,对了,他们最近都换了新车。是哪两辆?"汤川环顾着停车场问。

"现在好像都没停在这儿。"学生看了看停车场,"木岛老师的车是宝马,横森老师的是奔驰。"

"知道教授的社会地位有多高了吧?"汤川夸张地摊开双手。

草薙看着手中的照片。上面拍摄的几辆车中,的确有宝马和奔驰,且都带有新车的光泽。他把照片递给学生看。

"没错,这两辆车就是两位老师的新车,"学生兴奋地说,随后显得有些疑惑,"这张照片不会就是那天拍的吧?"

"哪天?"

"那天有一个陌生男人在这附近拍照。嗯……好像是上个月的三十日。"

草薙和汤川面面相觑,立刻又拿出藤川的照片。

"是不是这个人?"草薙问。

学生看了照片后微微点了点头。"感觉挺像的,但我不敢肯定。"

"除了拍照,他还做了什么?"

"啊……我没注意,不记得了。不过,他向我搭话来着。"

"他向你搭话?"

"是啊。对了,他也提起过老师的车。"

"车?"

"他问我横森教授的车是哪一辆,我就告诉他是那辆灰色的奔驰。"

草薙看向汤川。年轻的物理系副教授轻抚着下巴,目视远方。

4

藤川雄一家里有两排书架,都是铁制的,和草薙差不多高。书架上摆满了专业书籍和科学杂志,几乎都是他上大学时用的书。令草薙惊讶的是,他还保留着高中的参考书和课本,甚至还有备考大学时用的习题集。和其他书一样,这些书本都整齐地排在书架上,显然不是主人忘了扔,而是作为学习之路的一部分，特意展示在这里的。

世上还有这么奇怪的人，草薙想。当初大学一发榜，他就在院子里把备考用书付之一炬了。

"没什么发现啊。"后辈刑警根岸在草薙身后说。他正在查看藤川书桌的抽屉。

"看来他还没有开始找新工作。"草薙盘腿坐在地板上，抬头看着书架。他和根岸想找的是公司简介或面向再就业者的杂志。

距发现尸体已经过去了两天。今天上午，草薙和根岸一起去两个地方询问了情况，第一个是仁科工程在川崎的工厂。藤川七月底之前在那里供职。

"他突然就辞职了，事先没有找人商量过。他拿着不知道什么时候准备的辞职申请书过来说'科长，请您盖章'。"圆脸科长微微噘着嘴说，"理由？据他本人说，是因为这份工作不适合他。我觉得他在开玩笑，因为不是所有人都能做自己想做的工作的。他的工作是设计建筑物的空调设备，自从今年四月公司内部进行大规模岗位调动后，他便开始负责这项工作。他此前的工作？应该是开发成套设备，基本的工作内容没什么变化。总之，他太任性了。所以我当时也火了，既然想辞职就随他的便吧。"

和藤川最要好的同事给出了和科长差不多的回答："好像一开始他就对公司不太满意。四月份岗位变更后就更明显了，他看上去毫无干劲,也不知道为什么。"

随后,草薙约见了横森教授。他当天因参加研究会,下榻于新宿的一家酒店,草薙便和他在那家酒店的会客区见了面。

"当初确实是我推荐藤川去仁科工程的。"矮个子的秃头教授嗓音略显尖厉,"可我并没有强迫他。他毕业论文的主题是热交换系统,我只是告诉他那家公司的工作和他的研究课题很相近。"教授似乎感觉受到了莫名的怀疑,摆出了一副昂首挺胸的样子。

"上个月中旬,藤川好像去过您的研究室。当时你们谈了些什么?"

"没什么特别的事。他说辞掉了我好意介绍的公司,感到抱歉。我说没什么,让他赶紧找新工作。"

"只说了这些?"

"就这些。怎么,不行吗?"教授露出不满的样子。

最后草薙告诉他藤川曾在停车场拍照片,还找过他的车,问他有没有什么线索。

教授说:"毫无头绪,我觉得非常莫名其妙。"

会见结束后,草薙和根岸再次来到藤川家,希望找到他辞职的原因和他辞职后的计划,但一无所获。

草薙叹了一口气,起身走进洗手间小便。他看见墙上挂着一根绳子,上面晾着一条泳裤。看来他平时会去游泳啊,草薙下意识地想。

从对现场的调查来看,很可能是熟人作案。室内没有打斗过的痕迹,且藤川是从背后受到攻击。多数侦查员的看法是他没有防备。凶器是一只重四公斤的哑铃,留在案发现场,已证实是藤川的物品。由此可见,凶手是出于某种原因,在冲动之下作案的。但凶手作案后的处理十分冷静,不仅擦掉了所有指纹,还打扫了地面,以防毛发掉落在案发现场,又打开空调,以推迟尸体被发现的时间,但这反而让尸体提早被发现,实在是讽刺。

洗手时,草薙看到地上有一张小纸片。他弯腰捡起,发现是咖啡馆的结账小票,不禁有些失望。这张小票看上去和案子无关,连日期也是很久以前的。

不过——草薙刚想把小票随手扔在洗脸池上,手却停住了,因为他看到了小票上印的咖啡馆地址——湘南海岸附近。他有几个亲戚住在那边,所以对那里的地名很熟悉。

而日期正是爆炸案发生的那天。

5

感到有客人进来,正在看体育报的长江秀树抬起头。看来也不是真来买东西的,他心想,反正卖的不是什么值钱的东西,不必担心有小偷。就算真被偷了,也不是自己的东西,最多被老板训斥两句。

"Wave"是一家主营便宜的太阳镜、沙滩球、沙滩凉鞋等商品的小店。前不久,还有许多年轻男女在店里闲逛,但现在生意清淡下来了。到海滨浴场游玩的时节一过,自然如此,老板却嘀咕道:"比往年早了十天呢!"根据长江的经验,往年这个时候,对面的海滩上还能看到零零散散的游客,然而现在,那里空无一人。

原因显而易见,是受到了前些日子那起爆炸案的影响。海里突然窜起火柱,在海上享受美好时光的女子被炸死,且爆炸原因不明。要是这样还有人想去海里玩,那就太奇怪了。自那以后,长江也不愿意靠近海边,毕竟有传言说那里有地雷。

"今年算是完了。"老板断言道。

长江也有同感。他浏览着体育报,忽然有一个人站到了他面前,把一样东西放了收银台上。他抬眼一看,是一枚小小的钥匙扣,而且是店里的商品。"欢迎光临!"他连忙把报纸放到一边,在收银机里输入价格。这枚钥匙扣的价钱是四百五十日元。

"这里好像不忙。"顾客一边掏钱一边说。这是个三十岁左右的男子,高个子,戴着一副墨镜,身穿阿玛尼衬衫。他的脸没有晒黑,看上去并不是常来海边的人。

"是的。"长江把钥匙扣放进袋子里,连同零钱一起递给男子。

"是受爆炸案的影响吧?"

"可不是嘛!"长江粗鲁地回答,心想,又是这件事!

"刚才我在那家咖啡馆,"男子用大拇指朝东指了指,"听他们说当时你就在附近?"

长江抬起头,盯着男子的眼睛。可是男子墨镜的颜色很深,他看不清,也就无从得知男子的表情。"您是警察吗?"他问。他已经因那起爆炸案被盘问了多次。

"不是。这是我的名片。"

看到名片上的头衔,长江有些惊讶。"想不到物理老师会到我们这儿来。"

"我能问几个问题吗?不会占用你太多时间。"

"可以是可以,但我想您就算听我说了也没什么用,连警察都一脸诧异呢。"

"这么说,你目击了令人诧异的事?"

"可以这么说。当时那边突然就爆炸了。"

"是什么样的爆炸?"

"怎么说呢……当时海里突然喷出火来,水花溅起几十米高,感觉有什么东西爆裂了似的。"

"爆裂?"

"之后的景象更奇怪,但没人相信我。"

"发生什么事了?"

"我看见小火球在海面上滑行着扩散开来,就好像是有生命的东西似的。"

"在海面上滑行……嗯……"男子推了推墨镜,"不是火星四溅?"

"完全不一样,因为有些火球还转动着改变了方向呢。"

"什么颜色的?"

"啊?"

"我说颜色,是什么颜色的?"

"嗯……"长江回忆着当时的情景,"应该是黄色的。"

"原来如此。"男子点了点头,好像对长江的回答十分满意,"黄色的啊。"

"警察说大概是我的错觉。"

"但你觉得不是错觉,对吧?"

"嗯。"长江点头,"您不信也无所谓。"

"不,我相信你。"男子把装着钥匙扣的小袋子放进口袋,"不好意思,耽误你工作了。"

"您问完了?"

"嗯,足够了。"男子走出了商店。

要把今天的事告诉朋友,长江目送着男子的背影,心想,如果他们听说连从东京来的物理学家都来访问我,肯定会大吃一惊。

6

　　梅里尚彦住在横滨市神奈川区，从东急东横线东白乐站下车，大约需要步行十分钟。这里坡路很多，草薙要去的地方就在这住宅密集的街区里，是一栋外侧贴有仿砖贴面的公寓楼。

　　楼门口安装着电子锁。草薙掏出记事本确认地址，然后按下房间号五〇三，对讲机里很快传来应答声。

　　"我是警察，可以问您几个问题吗？"草薙对着麦克风说。

　　"怎么又来了！"对方的口气听上去不胜其烦。很显然，他已经被神奈川县警询问过多次了。

　　"不好意思，只占用您一点点时间。"

　　草薙说完，对方没有应答，只听旁边的电子锁突然弹开了。他脑海中浮现出一个男人咂舌的样子。

　　走到房门前，草薙按了一下门铃。门开了，从门后露出一张皮肤微黑的面孔。"在您休息时来打扰，非常抱歉。我给您公司打过电话，他们说您今天在家。"

　　"我有些头疼，请假了。"穿着T恤和毛衣的梅里尚彦生硬地说，"我已经没什么要说的了。"

　　草薙出示了警察手册。"我是从东京来的。今天是为了另一起案子，想找您了解一下情况。"

"另一起案子？"梅里蹙起眉。

"是的。也许和您太太的事有关。"

梅里的表情发生了细微的变化，可以看出为了弄清妻子不幸送命的原因，他愿意配合。

"关于细节，你去问负责这起案子的警察吧。重复无数次同样的话，太麻烦了。"

"是，我已经问过了。"草薙点了点头。

梅里把门完全打开，无声地请草薙进去。

这套两居室看着还很新，但摆着沙发的客厅和厨房都显得非常凌乱，只有六叠大的和式房间收拾得井井有条。房间里放置着小小的佛龛，佛龛前的线香冒出袅袅青烟。

草薙坐在沙发上，梅里则坐在开放式厨房的吧台椅上。

"你说的另一个案子是什么？"梅里问道。

草薙想了想，说："我们发现了一具男尸，是非正常死亡。"

"他杀吗？"

"现在还不能断定，不过我想是的。"

"这和律子的案子有什么关系？凶手是同一个？"

"不，不是。"草薙摆了摆手，"现在还什么都不清楚，只是有件事令我很在意。"说着，他拿出一张藤川的证件照，"您对这个人有印象吗？"

梅里接过照片，立刻摇了摇头。"从来没见过。他是谁？"

"是这次我们发现的死者，叫藤川雄一。您太太或是其他人提起过这个人吗？"

"藤川……没听说过。"

"那天，"草薙咽了一口唾沫，"就是您太太过世那天，这个人应该也去了那片海边。"

"哦……"梅里又看了看照片。

草薙根据在藤川家发现的结账小票，找到了咖啡馆的准确位置，果然就在湘南海岸。

"不过，"梅里说，"就算那天他在那儿，也不能说明两者有关系，而且那天海滨浴场的游客还那么多。"

"但有一个情况说明这不是单纯的巧合。"

"什么情况？"

"这个姓藤川的人两年前毕业于帝都大学。"

"什么？"梅里的表情紧张起来。

"我听说您太太一直到去年都在帝都大学工作。"这是从神奈川县警那里了解到的情况。当时，草薙确定他的直觉是正确的：这两个案子之间必定存在某种联系。

"嗯，她原先在学生科工作。"

"藤川在帝都大学的四年中，可能和您太太有过接触。"

梅里抬起头，瞪大了眼睛。"你是说律子和这个男的有不正当关系？"

"不，不是这个意思。"草薙连忙摆手，"是我用词不当，我是说也许他们有某种关联。"

"我们是去年结的婚,之前交往了六年,我自认为比任何人都了解她。我从没听她提起过藤川这个姓氏。我不认识这个人。"说罢,梅里把照片放回草薙面前。

"我明白了。您今后整理您太太的东西时,如果发现藤川这个人的名字,请跟我联系。"草薙把照片放进口袋,拿出名片放在桌上。

"你是说情书一类的东西吗?"梅里撇了撇嘴说。

"我没这么——"

"律子很不喜欢帝都大学的学生,抱怨他们满脑子精英意识,脸皮厚还自恋,被惯坏了,一出问题只会向父母哭诉,和幼儿园的小孩没什么两样,只是长得更高些。"

"她说的幼儿园小孩中,可能也包括藤川。"

"也许吧。"说完,梅里陷入沉思,随后抬起头,"只有两件事我觉得很奇怪,也和警察说过。"

"什么事?"

"那天我们去海边的路上,律子和我说了好几次,感觉有一辆车一直跟着我们。"

"是被跟踪了吗?"

"不知道。当时我说不可能,就一笑置之了……"

"你们是什么时候决定去海边的?"

"我记得是两天前。"

"向别人提起过吗?"

"我没和人说过。律子就不知道了。"

看来藤川一直在监视梅里夫妇,草薙想,如果跟踪者确实是藤川……"还有一件事是什么?"他问。

梅里迟疑了一下,说:"爆炸前,我看见一个男人游到了律子身边,一个年轻男人。"

"那人长什么样?"草薙掏出记事本和圆珠笔准备记录。

"他戴着泳镜,距离比较远,我没看清。不过,"梅里舔了舔嘴唇,"他的发型好像和你给我看的那张照片上的差不多……他也是短发。"

草薙又取出那张照片端详起来。照片上藤川浑浊的目光仿佛也在注视着他。

7

见过梅里尚彦的第二天,草薙又来到了帝都大学理工学院。他毕业于这所学校的社会学院,如今最熟悉的地方反而是这栋与所学毫无关系的教学楼。

走到楼前时,草薙望向停车场,停住了脚步,只见汤川正站在一辆奔驰车旁,不时弯下腰。"喂!"他喊了汤川一声。

汤川一惊,看到是草薙,露出了安心的表情。"原来是你啊。"

"不好意思,让你失望了。你干吗呢?"

"没什么，"汤川直起身，"我来看看横森教授的车。"

"哦，就是这辆啊。"草薙看着灰色的车身点了点，"看样子确实是新车，锃亮锃亮的。"

"藤川不是问过哪辆车是横森教授的吗？我就想看看他的车有没有异状。"

"嗯，"草薙明白汤川的意思，"你是说车上可能放了炸弹？"

"不，我还没发现证据，但因为听你说了那件事。"

"嗯，藤川可能是爆炸案的始作俑者。"草薙已经告诉汤川，藤川雄一在案发当天去过湘南海岸。

"后来有什么进展吗？"汤川问。

"昨天我去见了被害人的丈夫。藤川的嫌疑确实很大。"草薙把和梅里尚彦见面的情况大致说了一遍。

"看来关键在于被害人和藤川的关系。"汤川说。

"没错。对了，那件事你帮我查了吗？"

"哪件事？"

"你忘了？就是以藤川的技术，能否制造出类似的爆炸。你不是说要考虑一下吗？"

"哦，这个啊。"汤川摸了摸下巴，目光看向远处，"抱歉，最近忙得很，只能往后推了，接下来我会考虑的。"

"那就拜托你了。"草薙有些异样的感觉，汤川说话时，很少会避开对方的视线。他盯着汤川的侧脸，忽然发现了什么。

"咦？你有点晒黑了，好像去过海边似的。"

183

"啊,是吗?"汤川摸了摸脸颊,"不会吧?大概是光线的缘故。"

"是吗?"

"我哪有工夫去海边。走,先进去吧。"

汤川朝大楼走去,草薙跟在他身后。

这时,身后传来喇叭声。二人回头一看,只见一辆深蓝色的宝马正要开进停车场。

汤川笑着走过去,在旁边等候着。汽车在车位上停稳后,从车上下来一个六十岁左右的男人,个子不高,腰杆却很挺拔,显得颇有威严。

"木岛老师,这次的国际会议怎么样?"汤川问。

"哎,这些会议还不是大同小异。不过,能见到许久不见的圈中好友,倒也不错。"

"连续三天会议,再加上正式会议前一天晚上的纪念活动,您这次辛苦了。"

"是啊,时间是有些长了,应该缩减行程的。"

汤川和木岛并肩向外走,草薙跟在二人身后。

"您不在,能源研究室的大家好像都觉得很寂寞呢。"

"反正他们可自由了。但这次他们竟然老往我住的酒店打电话,还挺烦的。"

"是有急事吗?"

"没什么。就是问天气如何,说我对当地不熟,雨天开车慢一点。简直把我当成老头子了,管得真宽!"

"打电话的人是谁?"

"一个小伙子。真伤脑筋!"木岛嘴上这么说,心情却很不错的样子。

草薙本以为汤川和木岛要乘电梯,谁知二人直接走上了楼梯。木岛的步子非常稳健,与他外表看上去的年龄并不相符。

和木岛道别后,汤川和草薙回到了物理系第十三研究室。

"他是理工学院的权威教授。"汤川说的应该是木岛,"以前就是量子力学的带头人,现在管理着整个能源工程系。只要是有些上进心的学生,没有不想拜在他门下的。"

"好厉害啊!"

"对他最恰当的形容,"汤川说,"是理工学院的长岛茂雄[①]。"

"这样啊。"草薙笑着点了点头,这个形容确实形象,"看样子他真的很受爱戴,还有学生专门提醒他下雨天要慢点开车。"

"这有些夸张了。不知道是谁打的电话。"

"也许有戏弄的意思?比如说'新车嘛,可别被雨淋喽'。"

"是啊⋯⋯"汤川点了点头,突然脸色一变,直直地盯着某处,紧咬嘴唇。

"怎么了?"看见好友异样的神色,草薙紧张起来。

汤川看向草薙。"难道⋯⋯"他喃喃道,转身奔出研究室。

"哎?喂!怎么啦?"草薙追了出去。

[①]日本职业棒球球员、教练。生涯战绩非常优异,在日本具有颇高声望。

185

汤川在走廊上飞奔，然后快步下了楼。因平时常打羽毛球，他动作敏捷得不像一个学者。反倒是草薙，跑得上气不接下气。

汤川跑出大楼，直奔停车场，最后在木岛的宝马车旁边停住了。

不一会儿，满头大汗的草薙也到了。"到底是怎么了？你倒是说一声啊。"

汤川没有马上回答。他蹲在车旁，探身查看底盘。片刻后，他叹了口气，轻轻摇了摇头。"草薙，帮我个忙。"

"什么忙？"

"帮我把木岛教授叫过来，现在就去。"

"木岛教授？叫他来干什么？"

"待会儿再解释，现在情况很紧急，一秒钟也不能耽误。"

"知道了。教授在哪个房间？"

"四楼最东面。小心一点，带他下来时别让其他人看到。"

"谁都不行？"

"是的。"汤川眉头紧锁，"想破案就按我说的去做。"

8

第二天下午，草薙再次来到帝都大学。前一天晚上，他逮捕了松田武久。

松田潜入木岛文夫在成城的家附近的停车场，企图逃离时被监视他的警察抓获。

当时他拿着一个塑料袋，里面装着手掌大小的金属块。被捕时，他对没收了金属块的警察说："千万不要把它靠近水，否则你会后悔一辈子的。"身为科学家，大概是良知使他说出了这番话，但他的担心是多余的，金属块根本不是他以为的那个，在他被捕前的两小时，原来的金属块已经被汤川偷偷调包了，他潜入木岛家停车场偷出来的只不过是染过色的黏土块而已。

"松田已经供认是他杀了藤川。"草薙看着一脸倦容、心情不佳的汤川说，"本来我以为让他认罪需要费一番功夫，不过看来被捕的时候他就放弃抵抗了。"

"恐怕是觉得抵抗也没有意义了。"

"或许吧。可我还有很多地方不明白，需要你为我解答。"

"嗯。"汤川从椅子上站起身，用下巴示意了一下，于是草薙跟了上去。

桌子上有一个糖果罐，里面盛着水。汤川从另一张桌子上拿起一个油纸包。打开后，只见里面放着大约一挖耳勺量的白色结晶物。"你离远一点。"

草薙闻言后退了几步。

汤川靠近糖果罐，飞快地把油纸包里的东西倒进罐中，随后也从桌前退开。

反应几乎立即发生。罐中刚一冒出火焰，罐子就伴随着激烈的声响从桌面上弹起来，里面的水溅向四周，有几滴喷到了草薙面前。

"真不得了啊。"草薙掏出手帕说。

"威力惊人吧？这还仅仅是这么一点点的量呢。"

"这是什么东西？"

"是钠。它就是湘南海岸爆炸案的罪魁祸首。"

"我听松田说了，但还是不太懂。"草薙心有余悸地盯着已经处于静止状态的糖果罐，"我没想到有这么大的破坏力。钠这东西怎么回事我不知道，可是氢氧化钠、氯化钠倒是听说过。"

"钠是金属，在自然界无法一直以单质钠的状态存在。正如你说的，它常以某种化合物的形式存在。就连我刚才放入水中的钠，接触空气的部分也已经氧化了。"

"可是金属就会爆炸吗？"

"并不是金属钠本身爆炸。钠的化学性质很活泼，特别是和水反应时，会放出热量并生成氢氧化钠和氢气。氢气与空气混合后会发生爆炸。"

"也就是说不是因火柴和炸药，而是水和钠造成了爆炸？"

"反应后剩下的只有氢氧化钠，不过它很快就会溶于水，所以湘南海岸自然不可能找到爆炸物的任何痕迹。"

"但从刚才的实验来看，钠一与水接触就发生爆炸了，那藤川作案后不就没时间逃跑了吗？"

"你问得好。在实际利用钠引发爆炸时，使用某种装置可以起到定时器的作用,且不留痕迹。"

"是怎么做到的?"

"事先把金属钠的表面变成碳酸钠就可以了,这种物质稳定又安全,只是易溶于水。"

"然后呢?"

"刚刚接触水的时候,由于有碳酸钠的保护,钠不会和水发生反应。但经过一段时间后,碳酸钠逐渐溶于水,很快里面的钠就会直接和水接触,于是——"

"砰的一声爆炸了。"草薙两手向外一摊。

"我猜藤川带着加工后的钠,接近了梅里律子,然后在她身边潜入水下。她不是趴在充气浮排上吗?也许藤川想办法将其粘在了上面。"

草薙点了点头,就连对理科一无所知的他,也多少能理解了。由于凶手已死,真相已经无法确切得知了。

"据松田说,发现钠被盗,是在八月中旬藤川来过之后。"草薙坐在椅子上说。

松田的课题是利用液体钠进行热交换系统的研究,因此同一研究室的藤川能偷到钠并不困难。

"当时松田和藤川都说了些什么?"汤川靠在桌边,看着某处喃喃地问。

"松田说藤川是来发牢骚的。藤川说无论是上学时进入横森教授的研究室而因此给松田打下手,还是毕业后去仁科工程工作,都不是自愿的。特别是在仁科工程做毫无兴趣的工作,成了长期积累的不满爆发的导火索。"

汤川缓缓地摇了摇头。"问题还真是由来已久啊。"

"是啊。说实在的,我到现在还是不能完全理解。"说着,草薙翻开记事本。不仅是利用钠作案,关于案子的背景,他也需要汤川的建议。

据松田说,藤川原本想进的是木岛教授的研究室,但由于没有取得一项重要科目的学分而未能如愿。这个科目是木岛教授的课,应该在三年级上。

"藤川没上成这门课的原因只有一个——他忘了在向学生科提交的选课计划表上填写这门课。等想起来时,已经过了截止时间,于是他慌忙跑到学生科,希望修改……"

"但是对方没有同意。"汤川说,"学生科在这一点上太严格了,我听学生说过,我自己也经历过。"

"当时无情地驳回他要求的,正是梅里律子。"

"原来如此。"汤川点了点头。

"因此,藤川直接找到木岛教授,希望能特准他去上课。如果忘记选课或想在提交时间截止后更改选课计划表,得到教授同意后好像也可以。"

"嗯,木岛教授怎么说?"

"他不同意。松田也不知道为什么。"

汤川歪着头,稍作思索后说:"我倒是明白他不同意的原因。"

"什么原因？"

"这个一会儿再说吧。后来呢？"

"他也没办法，这门重要的课没上成，也就无法进入他一直向往的木岛教授的研究室。无奈之下，他只好去了横森教授的研究室。"

"所以他只能研究不想研究的课题，进不想进的公司，做不想做的工作。而这一切都是那两个人造成的。"

"是的，那两个人——梅里律子和木岛教授。"草薙挠了挠头说，"可就算如此，一般人会想到用杀人来解决问题吗？松田说他觉得藤川似乎患上了一种神经官能症。"

"松田？"汤川的眼睛睁大了，"他说藤川患上了一种神经官能症？"

"是啊。"

"嗯……"汤川抬头看着天花板，若有所思。

"怎么了？"

"没什么。"汤川摇了摇头，"对于杀掉藤川，松田怎么说？"

"在得知湘南海岸的爆炸案后，松田通过报道中爆炸的情形和被害人的名字，确定了凶手是藤川，于是他立刻检查了实验室，发现钠变少了。"

松田为了确认事实，马上去了藤川在三鹰的住处。

藤川承认了罪行，甚至坦言还有再杀一个人的打算，目标就是木岛教授。

"松田后来的供词就有些让人难以理解了。"草薙皱着眉说,"松田表示,藤川曾说'接下来你们也完了',松田才一时冲动杀了他。但我至今不明白的是,藤川说的话是什么意思?松田又为什么气得不惜杀人?松田对这些解释得颇为含糊。"

"原来是这样。"汤川起身走到窗边。

"你知道些什么吧?"

"可以这样说,但这也没什么难理解的,这种事随处可见。"

"你说说看。"

汤川抱着双臂站在窗前。由于背光,草薙看不清他的神情。

"先从能源工程系的前身说起吧,它以前被称为核能工程系。"

"哦,是吗?"还是旧称简单易懂,草薙心想。

"原先的名字给人留下的印象越来越差,所以才改名的,随之而来的是研究内容也悄然改变了方向。不过,保留了一部分过去的研究课题,松田的研究就是其中之一。利用液体钠进行热交换的技术,说到底,只有一种用途,你知道是什么吗?"

"不知道。"其实草薙想说:"我怎么会知道?"

"从以钚为燃料的核反应堆,即快中子反应堆中提取热能。你记不记得几年前发生的快中子增殖反应堆的钠泄漏事故?"

"啊,"草薙点了点头,"我有印象,好像是和钠有关。"

"事故发生后,国内的钚使用计划就被迫改变了方针。后来相继出现相关机构掩盖事故的丑闻,问题越发严重。这种动向自然对各方都有影响，反应最迅速的就是相关企业了。"

汤川走了两三步，从书架上抽出一本册子。"我曾装作不经意地问过在仁科工程工作的熟人，结果跟我预想中的差不多。这家公司为应对'钚时代'的到来，积累了不少技术，但从今年开始，他们决定放弃所有相关研究。藤川大概就是因此被调离了原岗位。"

"原来是这样。这么说来，藤川情绪过激也多少可以理解了。"草薙想，研究方向原本就不是藤川喜欢的，但工作中姑且还能发挥专业特长，结果连这项工作都要被夺走，恐怕藤川因此迷失了人生的方向。

"需要重新斟酌核能发电计划的，除了企业还有相关研究者。"汤川继续说，"松田的课题实际上也是预算调整的对象。"

"哦……"

"松田恐怕一直如履薄冰。一旦他的课题被学校取消，那之前所有的努力就会化为乌有，晋升也遥遥无期了。"

草薙想起还只是助手的松田。"这导致身为毕业生的藤川犯下了杀人的罪行……"

"让松田更忧虑的是藤川使用了钠作案。本来大家对钠的安全性已经心怀疑虑，再加上在大学研究室被盗……"

"这才是决定性因素啊。"草薙叹息道。

"松田应该也知道杀了藤川并不能解决问题，但他当时的念头大概是不管怎样都得先把眼前这个人处理掉。"汤川轻轻摇了摇头,"他说藤川患上了神经官能症,他不是也一样吗?"

"可以这么说。"草薙赞同道,"松田还曾说他担心下雨。"

"可能因为他一开始并不知道藤川把钠都放在了什么地方。"

草薙点了点头。"看到停车场的照片,他才察觉木岛教授的车应该被动了手脚,但当时木岛教授已经去大阪参加国际会议了。如果有降雨,钠就会爆炸,不,是氢气爆炸。想到后果,他担心极了。"

"如果不是他还有一点良心,我可能还发现不了木岛教授也是藤川的目标。"汤川将视线投向窗外。

"停车场的照片让我本以为藤川因某种缘故盯上了横森教授的车,事实并非如此。他询问哪辆车是横森教授的,其实是为了在两辆新车中确定木岛教授的那辆。如果直接提到木岛教授的名字,爆炸发生后,很容易让人把他跟爆炸案联系起来。"

钠用快速黏合剂粘在了车内侧。汤川将其调包,故意引松田来收。

"问你一个问题。"草薙看着物理学家,"你是从什么时候开始怀疑松田的?"

这个问题好像刺激到了汤川,他皱了皱眉。"你告诉我藤川和湘南海岸爆炸案有关的时候,那时我恰好刚意识到凶手很可能利用了钠作案。"

"可你并没有告诉我,为什么?"

"是啊,"汤川歪了歪头,"为什么呢?"

或许还是想保护松田吧。草薙刚要开口，便听见了敲门声。汤川说了声"请进"，走进来的人是木岛教授。草薙不由得站了起来。

"前些天多亏你了。"木岛看见草薙，露出了微笑。

"不，也给您添了不少麻烦。"草薙低头致意。

为了给松田设下圈套，木岛也多次配合警方，比如把车开回他在成城的家。

木岛和汤川谈完公事准备离开时，被草薙叫住了。他回过头来。

"您当时为什么不同意藤川补选您的课呢？"

木岛看着草薙，笑着说："你平时做运动吗？"

"我练柔道……"

"那你大概会明白。"木岛说，"不管有什么样的理由，选手忘记了报名，就不该参加比赛，而且这种选手也不可能取胜。学问之道，同样是一场战斗，不是和别人撒个娇就行的。"说完，他又笑了笑，走出了房间。

草薙茫然地站在原地，转头看向汤川。

汤川微微一笑，看着窗外的天空。"下雨了。"他说。

第五章

脱离

1

　　空调坏得很不是时候。梅雨季已经过去一个多星期，连日来，上午的气温都超过了三十度，今天也不例外，而且看样子一会儿还会继续攀升。

　　上村宏左手握着一把团扇，敲一会儿键盘就扇扇风，再拿起放在旁边的一块略显脏污的毛巾擦擦脖子上的汗水。窗户大敞着，可几乎没有一丝风吹进来。电脑散发的热量平时都感觉不出来，今天却令他格外烦躁。

　　他扇着扇子，考虑是否要挪去餐厅。家里除了这间兼用作工作室的西式房间外，只有作为卧室、大小为六叠的和室房间安有空调。如果把和室的拉门拉开，餐厅和厨房就能凉快下来了。

　　还是不行，他转念一想。儿子忠广正躺在卧室里，而且情况不同寻常。

自幼多病的忠广已经小学二年级了，但还是一感冒就迟迟不愈。这一次，他四天前就开始喊头疼，然后一直发烧，病情至今不见好转。服药后稍有起色，可一到晚上体温就再次升高，昨晚甚至烧到了近三十九度。上村忙着照顾他，一晚上都没能工作。

上村是自由撰稿人，和四家出版社签了约，主要为周刊撰写文章。现在有一篇文章马上就要到截稿时间了，傍晚前他必须把这篇有关手机新玩法的采访稿整理出来，不然他现在应该守在儿子身边的。

室内温度太低固然不好，可是热得睡不着也会徒然消耗体力。上村想让忠广在温度适宜的空调房里安静地休息。他看了看桌上的表，已经过了下午两点，离约定交稿的时间还有三个小时。平时他并不会觉得完成这项工作很困难，但在这蒸笼一样的屋子里，集中精神简直成了一项极难的考验。就连窗外传来的噪音，在今天似乎也格外吵人。

他刚把毛巾搭在颈后、双手放在键盘上，门铃忽然响了起来。他无精打采地站起身，拉开橱柜的抽屉，取出钱夹——大概又是收什么费用的吧。

上村打开门，是邻居竹田幸惠。她是忠广的同班同学竹田亮太的母亲。

"你好，有什么事吗？"上村猜她大概是来通知家长会一事的。

"没什么特别的事。听说忠广又感冒了？"

"是啊，"上村点了点头，"还是老样子。"

"别说得这么轻松，你有没有好好照顾他？不是工作一忙起来，就不管他了吧？"

"我让他先睡了。"

"请让开一下。"幸惠脱下凉鞋，拎着超市的购物袋走进房间，"怎么回事？为什么屋里这么热？没开空调吗？"

"空调坏了。不过忠广房间里的那台没事。"

没等上村说完，幸惠就推开了和室房间的拉门。

"忠广，你没事吧？感觉怎么样？"幸惠询问的声音传来，忠广似乎已经醒了。

上村也走了进去。空调吹出的凉风令他精神一振。他松了口气，朝屋内看去，忠广正躺在褥子上。"好些了吗？"他问儿子。

忠广轻轻点了点头，气色看上去比昨天好一些。

"饿不饿？阿姨给你做点东西吃吧？"幸惠坐在褥子旁问道。

"我渴了。"忠广答道。

"我买了苹果，给你削苹果吧。"幸惠站起身，"咦，这是什么？"她拿起放在褥子旁的速写本。

这是上村怕忠广整天卧床无聊买给他的。速写本和彩色铅笔都放在枕边。

幸惠看到的那一页上，画着像是灰色的墙壁，中间有一个红色的方形物体。忠广擅长画画，这次却看不出他画的是什么。

"这是什么？"幸惠又问了一遍。

忠广摇摇头说："不知道。"

"咦，这不是你画的吗？"

"是我画的，可我不知道是什么。"

"嗯？什么意思？"幸惠又问了一遍后，回头看向上村。

"刚才我睡觉的时候，忽然感觉到身体飘了起来。"忠广来回看了看上村和幸惠，说，"当时我看到的窗外就是这个样子，好像到了高处似的。"

"什么？"上村从幸惠手中抢过速写本，凝视着那幅画，又转头向窗外看去。

忠广的房间在公寓的二层，窗户正对的是半圆形顶棚的食品加工厂厂房的大门。

2

得知发现尸体的经过后，草薙顿时不想去现场了，同事们也是如此。所有人的表情好像都在说："凶手也太不会挑时间了。"

案发现场在杉并区的一栋六层公寓里。这栋公寓楼主要出租给单身的人。除了顶层是两居室，其他户型不是单间就是一居室。打开发现尸体的五〇三室的门，首先映入眼帘的是一条狭窄的过道，往里走，可以看见餐厅、厨房和西式房间并排挨着。

尸体倒在过道上，身穿黑色T恤和棉质迷你裙，看上去并未化妆。她趴在地上，面朝大门的方向。见此情景，现场的一位侦查员推测死者是在和要离她而去的某个男人纠缠时被杀的。这自然连推理都算不上，但草薙也颇有同感。

死者的身份立刻被查明。从放在房间的提包中找到一本驾照，上面的照片是死者本人的，名叫长冢多惠子，是这个房间的住户。从出生日期来看，她上个月刚满二十八岁。

首先发现不对劲的是住在隔壁的公司女职员。她几乎每天都会经过五〇三室，昨晚回来的时候，她闻到一股难闻的气味，但因知道一名女子在这里，所以只当是偶然，并未多想，直接回了家。没想到第二天即今天一早，气味更加刺鼻了。于是她在上班的路上打电话给公寓的物业管理公司反映情况。这栋公寓的物业管理员不常驻在楼里。

物业管理公司的工作人员接到电话后，下午派了负责人前来。负责人事先往五〇三室打过电话，但长冢多惠子好像并不在家，呼叫音响了几声后转入了录音电话。

负责人想，住户可能是因出远门长期不在家，家里的厨余垃圾变质了，毕竟在夏天这种事时有发生。因此，除了房间钥匙，他还准备了垃圾袋和口罩。这是从工作中得来的经验。

结果，钥匙和垃圾袋都没派上用场——五〇三室根本就没

203

有锁门，变质发臭的也不是厨余垃圾。

不过，他开门前就戴好了口罩是个正确的抉择，否则他可能会当场吐出来，给随后警方的现场勘查工作带来麻烦。他是走到疏散楼梯后才将胃里的东西吐出来的。

在这种情况下，即使是对尸体早已司空见惯的搜查一科的刑警们，在面对尸体时无疑也痛苦不堪。草薙尽可能远离尸体，专心查看房间里的情况，但阵阵恶臭依然往鼻孔里钻，令人作呕。

死者的脖子上有被扼杀留下的痕迹，其他部位没有外伤。室内没有打斗过的痕迹。

"凶手应该是男人。"正戴着白手套查看垃圾桶的刑警说，"男人为了分手而来，但女人不同意，哭着求他别走。男人已经对女人感到厌烦了，而且肯定有老婆孩子，本就是为了玩玩才和女人开始了不伦之恋。现在面对女人的纠缠，只觉得麻烦。男人会说'吵死了，我们别再来往了'之类的话，女人这时候也不哭了，反击道'哼，你想分手就分好了，回你那个像黄脸婆一样的老婆那儿去吧！不过你可要想好了，我会把所有的事全抖搂出来。不光跟你老婆说，还要去你公司……'男人急了，'喂！等等！你不能这么做'，女人的歇斯底里达到了顶点，甚至得意起来，还作势要打电话，'那我可不管，我说到做到'，于是男人一怒之下掐住了女人的脖子。估计就是这么回事。"

比草薙大一岁的刑警弓削总是想到什么就一口气说出来，

听他说话成了同事们的乐趣之一。就连不喜欢闲聊的上司间宫，也会苦笑着加入其中。

更何况弓削的话不无道理。独居女子被杀，一般来说都会从异性关系入手进行调查。草薙检查死者的书信也是为了确认是否有特定的男子和死者有固定往来。

忽然，草薙看见放信件的小收纳架上有一张名片，上面的署名是栗田信彦，工作是保险公司的推销员，名片空白处写有一行字。

22日再来打扰

"组长！"草薙喊来间宫，把名片递给他。

身材矮胖的间宫用短粗的手指捏住名片。"哦，保险推销员，还是二十二日……"

"死者不就是二十二日前后死亡的吗？"草薙说。今天是二十五日。

"看来需要找这个人问问话。"说着，间宫把名片还给草薙。

发现尸体的第二天傍晚，草薙和弓削一起来到栗田信彦的公司。警方没有第一时间找他，是因为随后的调查显示栗田在名片上写的日期具有重要意义。

首先，二十二日上午，死者长冢多惠子和住在附近的妹妹在咖啡馆见过面，商量给即将退休的父亲买礼物的事。长冢的妹妹含着泪回忆，那天她们商量这笔额外支出时还很愉快，并点了水果蜜豆凉粉。这是姐妹俩一向喜欢的食物，所以她记得很清楚。

经过解剖，在长冢多惠子的胃里确实发现了这道甜品的配料，比如红豆等。根据消化状态，可以推定死亡时间是下午一点和妹妹分手后的三个小时内，即作案时间为二十二日下午一点到四点间。

长冢多惠子在咖啡馆和妹妹分手前，曾说过一会儿会有客人去她家。这个人是否就是栗田信彦？

长冢多惠子的同事也提供了一条颇有意思的线索：多惠子和栗田信彦是由上司介绍相亲认识的，但是多惠子并无交往的意思，这事便不了了之。不过多惠子因这个机缘买入了栗田公司的保险，听说栗田给了她不少优惠。

提供线索的同事推测，栗田也许没有对多惠子死心，千方百计地和她保持联系。

栗田所属的营业部在九段下车站旁边。一进去就看到一个服务台，年轻的女接待员微笑着向草薙和弓削打招呼。弓削上前和她交谈了几句，没有表明警察身份，只说想找栗田。女接待员没有丝毫怀疑，说了一声"请稍候"，就走进里面的办公区。

几分钟后，一个西装革履的矮个男子面带职业性的笑容走了出来。他的头发梳成三七分,眉毛好像也经过修整。看到他光滑的皮肤,草薙觉得他简直像是刚刚沐浴过一样。

"不好意思,我就是栗田。"栗田来回看着面前的草薙和弓削。

草薙没有忽略栗田打量来客的眼神,心想:他脸上带笑,却显然怀有戒心。

弓削也露出笑意,隔着服务台探身说道:"我们是警察,想向你了解一些情况。"

栗田大概天生胆小,脸色随即发白。

三人从营业部出来,来到附近的咖啡馆。听弓削介绍完案情,栗田惊得全身发抖。他眼眶通红,表示完全不知道出了这种事,还想知晓更详细的情况。如果他只是在表演,那演技真不一般,草薙心想。

"你最后一次见到长冢小姐是什么时候?"弓削问。

"嗯……"栗田拿出手账,手指微颤,"是二十一日,周五的傍晚,为了办理汽车续保手续。"

"长冢小姐周五不上班吗?"

"那天她休息。"

的确,长冢多惠子所在的化妆品公司七月二十日即"海之日"①那天上班,二十一日倒休,这样一来可以连休三天。但不

---

① 日本的国民节日之一,法定放假一天。1995 年制定时,规定为每年的 7 月 20 日,2003 年起改为 7 月的第三个星期一。

能因此就完全相信栗田。

"肯定是二十一日？不是二十二日吗？"弓削确认道。

"是二十一日，没错。"栗田又看了一眼手账，答道。

"我能看看你的手账吗？"

"嗯，可以。"栗田把手账递给弓削。

草薙也侧过头来看。七月二十二日那一栏里本来写着长冢多惠子的名字，但又被改到二十一日了。草薙当即指出了这一点，栗田却并不显得尴尬。

"原本我是打算二十二日去的。其实，一开始约定的时间是十五日，但我那天去的时候她不在家，于是我留下一张名片，并留言说二十二日再过去。可是后来长冢小姐打来电话，说希望改在二十一日。"

栗田的解释倒合情合理，不过如果是为了对付警察，事先准备好说辞也并非难事。

"从日程表看，"弓削开口道，"二十二日白天你好像没有特别的安排，当时你在哪儿？"

"二十二日……"栗田手握成拳放在嘴边，想了一会儿，说道，"那天我去了狛江那边。"

"狛江？"

"对，嗯……"栗田频频用手搓着脸，"我前一天喝多了，很不舒服，所以上午走访完客户，就把车停在多摩川附近休息了一阵。"

"休息了多长时间？"弓削问，"从几点到几点？"

"嗯……我记得是从中午到下午三点左右。不好意思，这件事还请为我保密，不要让公司知道。"

"这是自然。"说着，弓削给草薙使了个眼色，好像在说"很可疑"。

"那天你开的车是公司的吗？"

"不，是我自己的。"

"能透露一下型号和颜色吗？"

"是红色的MiniCooper。"

"哦？真时尚啊。到时能让我们看看吗？"

"可以是可以……"栗田答道，黑色的眼珠里闪动着不安。

第二天，警方就传唤了栗田，因为他们得到了案发现场附近居民的重要证词。

证词来自在长冢多惠子公寓斜对面经营大阪烧的小店老板娘。她平时就对公寓住户把车停在店前的行为极其不满，因此注意到有一辆车二十一日和二十二日连续两天停在那里。当时她打算等司机一出现就去抗议，但还在她招呼客人时，车已经开走了。

被问到是辆什么车时，这个四十八岁的女人自信地说："我不知道型号，不过车挺小的，看上去像很久以前的车型。"

侦查员给她看了各种车型的图片，她毫不犹豫地选定了

MiniCooper，还指出"车是红色的"。

警方对栗田展开了不间断的讯问，几乎所有侦查员都认定他就是凶手，等待他在多次问答间露出破绽。

虽然在刑警的攻势下栗田几乎崩溃，但并没有认罪，且一再坚称前一天对草薙和弓削说过的不在场证明是真的。

草薙等人准备去狛江调查。如果栗田真的在河边停下车休息过，应该有目击者。假如有人能够证明栗田所言属实，就必须重新审视这个案子了。

"反正也是白费力气。"弓削等人都这样说。

这些老刑警的预想是正确的。他们花了整整两天在栗田说的停车位置附近走访，却没有找到一个见过红色MiniCooper的人。

栗田果然在撒谎，他就是真凶——这一观点再次在搜查本部内占据上风。

就在这时，一封信寄到了搜查本部所在的杉并警察局。寄信人是住在狛江的一个男人。

信里的内容令众人大吃一惊，搜查本部陷入了混乱。

3

汤川学把洗涤剂倒在像是从学生食堂偷偷拿来的塑料托盘上，然后把吸管的一端插进去，从另一端轻轻吹出一个半球形的气泡。接着，他从白大褂的口袋里拿出一个形似几枚硬币摞在一起的东西。"这是钕磁铁。"说着，他把磁铁凑近气泡。

只见气泡在托盘上滑动，向磁铁靠近。汤川移动磁铁，气泡紧跟着滑动。

"嘀！"草薙不禁惊呼出声，"这是怎么回事？明明不是金属，怎么还会受磁铁的吸引？"

"你猜猜是为什么？"汤川把磁铁放回口袋，反问道。这位物理学家嘲笑他这个不擅长理科的朋友，已经是习以为常的事了。

"肯定是洗涤剂有问题，是不是加入了金属粉末？"

"要是加了，大概就无法吹出气泡了。"

"那是加了什么东西？能吸在磁铁上的药剂？"

"什么都没加，就是普通的洗涤剂。"

"普通的洗涤剂也会吸到磁铁上吗？"

"理论上是可能的。不过，这种情况另当别论。"汤川走到水槽边，从沥水篮里拿出两个马克杯。

又是速溶咖啡？草薙顿时觉得索然无味。"到底是怎么回事？别装模作样了，快告诉我。"

"受到磁铁吸引的不是洗涤剂，"汤川往马克杯里倒入咖啡粉，转过头说，"而是空气。"

"空气？"

"确切地说，是空气中的氧气。氧气具有较强的顺磁性，即可以受到磁铁吸引的性质。"

"哦……"草薙盯着托盘中的气泡。

"人先入为主的观念真是麻烦。明明知道气泡中有空气，可是由于看不见摸不着，就常常忘记它的存在。如果这样生活下去，还没有忽略人生中的很多事，真是幸运。"汤川把电热水壶中的开水倒入杯中，搅了搅，将其中一杯递给草薙。

"你是想说我的人生总是忽略了很多事吧？"

"人不都是这样吗？"汤川津津有味地喝着杯子里的速溶咖啡，"对了，那件事后来怎么样了？"

"刚才我说到哪儿了？"

"灵魂出窍。你说寄到搜查本部的那封信里写着一个孩子灵魂出窍的事。"

"对。"草薙也喝起了咖啡。

寄信人名叫上村宏。信的开头便写到关于杉并区发生的那起杀人案，他有一件事必须要告诉警方，才执笔写下此信。虽用了"执笔"一词，其实信件是用电脑打印出来的。

上村首先强调他与案子完全无关，但他的儿子很可能是重要的证人。这与近日警方在调查的红色轿车有关。他的儿子忠广在七月二十二日白天看见家附近的河边停着一辆红色的MiniCooper。信上说，目击时间甚至精确到下午两点前后。

这确实是一条有价值的线索，警方也准备立刻去询问详细情况，但事情并没有这么简单。

信上忽然话锋一转，说忠广并不是以寻常的方式目击了这一情景，而是在发烧卧床时灵魂出窍，看到了离家稍远的那个地方的情形。

拿着信的侦查员读到这里，搜查本部的所有人都露出一脸莫名其妙的表情，然后纷纷惊叹或失笑，随即又转为气愤——认真听完才发现原来是出恶作剧。

这封信里的某些内容却不能置之不理——信中称男孩灵魂出窍后立刻画了一幅画，上面清楚地画着一辆红色的MiniCooper。随信附着这幅画的拍立得照片。

"信上写了电话号码，我就打过去了。我本来还想写信的人会不会是脑子有问题，但交谈后我认为上村是个正常人。他说他是诚心诚意地写了那封信，很担心被误会是恶作剧，所以接到我的电话很高兴。他说话很有礼貌，给人的印象不错。"

"你们都谈了些什么？"

"先是确认了信里写的内容。我想弄清楚这封信中的内容是不是真的，上村发誓说绝对真实，请我务必相信他。听上去态度很诚恳。"

"只要诚恳就可以决定一切，那你们的工作岂不是轻松多了？"汤川立刻挖苦道，唇边浮起意味不明的笑容。

草薙生气地说："我当然不是相信他，只是在陈述他的话而已。"

"'似乎合理''好像很认真'之类的说法，都是无用信息。"

汤川端着杯子在椅子上坐下,"这种情况下,需要的是证据。说男孩在那天灵魂出窍,有证据吗?"

"你的意思不就是说这种事绝不可能发生吗?"

"作为科学家,任何时候都不会轻视任何事,如果有证据就拿出来。事先声明,光有那幅画不能成为证据,也有可能是听说了你们的调查情况后再画下那幅画的。"

草薙冷哼一声,坐到旁边的一张桌子上。"我就知道你会这么说。"

"哦?"汤川抬头看着草薙,"那你是发现了更有说服力的证据了?"

"算是吧。"草薙说,"那个男孩灵魂出窍当天,上村就把那幅画拿给他相熟的杂志编辑看过,商量能否在杂志上刊登。我忘了说,上村是自由撰稿人。"

"也就是说,灵魂出窍的时间是七月二十二日?"

"没错,就是长冢多惠子在杉并被杀那天。当时的上村自然不知道发生了杀人案,也不可能预见那幅画具有重要意义。"草薙注意到好友眼镜片后的眼睛里好像散发出一丝光芒,这件事似乎终于引起了他的兴趣。

"怎么样?"他问,"证据有说服力吧?"

汤川没有回应,只是花了很长时间喝那杯并不好喝的咖啡,望着窗外。

让草薙来找这位"伽利略老师"咨询的人是组长间宫。草薙有一个身为物理系副教授的好友，每次遇到无法侦破的案件时，他都能提供宝贵建议，这在草薙所属的小组中无人不知。

目前，整个搜查本部对如何看待这封来信一筹莫展。信中提供的线索极其重要，获得线索的方式却存在问题，因此无法视为正式的侦查资料。是否应将它完全忽略，也没有人能得出结论。此外，上村自由撰稿人的身份也很棘手。警方自然希望这件事尽量不被媒体探听到。

"一个叫林恩·皮克内特的人写的书中说到，"汤川把马克杯放在桌上说，"每十至二十人中，就有一个人经历过灵魂出窍，我记得书中用的词是'脱离体外'。身体好像浮在空中，能听到别人说话，还能看到陌生又遥远的地方的景象。尤其是看到的景象，有时竟和实际情况分毫不差，听说这叫遥视。有两个英国学者做了关于遥视的测试，得出的结论是，意识能以某种形态脱离肉体，从而获得其他场所的信息。"说到这儿，汤川看着草薙笑了笑，说，"那个男孩遇到的估计就是这种情况。如果真是这样，叫灵魂出窍也好，遥视也罢，终于能助警方一臂之力了。"

"连你也这么说？"草薙眉头紧皱，"我不是开玩笑，现在这样我都没办法写报告。"

"实话实说不也挺好吗？我相信这份报告肯定会令人耳目一新。"

"你可真会说风凉话。"草薙挠了挠头。

汤川低声笑道:"别生气嘛。我提这本书,是为了说明会说出这类离奇现象的人历来就不少见。只要不受特殊性迷惑,只关注客观事实,我想另一个答案也就呼之欲出了。"

"你想说什么?"

"听了你刚才的话,我暂时想到两种可能。当然,前提是假定上村和他的儿子都没有撒谎。"汤川竖起两根手指,"第一,这是一个巧合。男孩只是做了个像灵魂出窍一样的梦,醒来之后画了一幅画,而画的内容恰巧与杀人案嫌疑人供述的一致。"

"科长主张这种说法。"

年轻的物理系副教授满意地点了点头。"我之前就说过,你们科长是具有逻辑思维的人。"

"可惜太固执了。另一种可能呢?"

"一切都是男孩的错觉。"汤川说,"男孩见过红色的Mini-Cooper,当然,我是说醒着的时候,不过当时并没有留下强烈的印象,甚至不记得他曾见过。可是在烧得迷迷糊糊的时候,无意中想起了那幅画面,结果弄错了看到画面的时间和状况。"

"他误以为是在睡着时灵魂出窍看到那个情景的?"

"没错。"汤川点头。

草薙抱着胳膊沉吟起来。产生这种错觉也不是不可能。"男孩梦见的情景和嫌疑人的供述恰好一致,我觉得可能性不大。毕竟连车顶是白色的、发动机罩上有白色线条等细节都相同。在罗孚公司生产的Mini汽车品牌中,只有MiniCooper车型才有这样的特征。"

"也许那个男孩是个汽车迷。"

草薙摇摇头。"听他父亲说，他平时对汽车一无所知。"

"是吗？"

"那就是第二种可能了。如果是他的错觉，问题在于现实中他什么时候见过那辆车。这关系到案件侦查。"

"查明这一点应该不难吧？"汤川说，"比较一下他的画和实际地形，就可以推测出他是在什么地方看到车的，然后只要问清楚他什么时候去过那个地方即可。"

"嗯。"草薙赞同地点了点头。

"好了，加油吧。有进展后告诉我一声，谢谢。"

"咦？你不跟我一起去吗？"

"如果只是调查刚才说的那件事，你一个人就足够了。"汤川皱了皱眉。

"可你刚才也说了，前提是父子二人都没有说谎。现在还无法确认这一点，所以我准备去现场看看，同时也见一见上村父子。不过……"草薙站了起来，把手搭在物理学家的肩上，"你觉得我这个理科白痴有能力识破他们的谎言吗？"

汤川露出嫌弃似的表情。"真想不到你还会因这个特点而骄傲。"说完，他端着杯子站了起来。

4

栗田声称七月二十二日他在从狛江去往多摩川的路上休息了一会儿。这一带的河堤经过整修后,有一段路汽车可以一直开到河边,他说那天就是在那里停车休息的。

"因为是开小差,栗田停车的时候非常注意,尽量不让别人看到,结果反而深受其害。"汤川站在空空如也的河边说。

"他说的不一定是实话。"草薙反驳道。

"如果他在撒谎,谎言倒编得很高明,因为真有这个地方。"

"也许栗田曾经多次在这儿午休,所以被问到不在场证明时,马上就说出了这里。"

"嗯。"汤川点了点头,细细打量着草薙,"说得不错,你现在很有逻辑了嘛。"

"别小瞧我,这对刑警来说不是常识吗?"

"那真对不起。对了,那栋建筑是什么?"汤川指着河对岸的一栋黑色建筑。

"那是……嗯……"草薙展开放大的地图,"是一家食品加工厂。"

"如果要目击停在这里的车,从那个角度看最好。"

"是啊。哎?"查看地图的草薙注意到一件事。

"怎么了？"

"上村宏的家好像就在食品加工厂的另一边。"

"另一边？"汤川抬头看向工厂，"看来，透过公寓的窗户是不可能看见这里的。"

"咱们先去看看吧。"草薙说。

门铃一响，里面便传来渐渐清晰的小跑声。很快，门锁被打开，一张晒得黝黑的脸露了出来。"您是之前打过电话的……"

"我是草薙。"草薙低头行礼。

"啊，您好，我是上村，正在等您呢。"上村露出愉快的笑容。这么受欢迎，对于作为刑警的草薙来说还是第一回。

"正好今天早上电器行的人来把空调修好了，这东西坏了实在没法工作啊。请进，请进。"上村招呼草薙和汤川进入家中。餐桌非常整洁，大概是突击整理过。请二人落座后，上村从冰箱里拿出大麦茶。

"您别忙了。"草薙说。

"家里没有女主人，比较脏乱，慢待您了。最近工作忙得要命，实在顾不上收拾。"上村笨手笨脚地将两个盛着大麦茶的玻璃杯放在草薙和汤川面前。

"您太太……"

"我离婚了，已经快三年了。"上村心无芥蒂地回答。

草薙状似不经意地环顾室内。屋里没有一件装饰物，都是架子等实用性很强的物品,金属柜子等家具摆放的位置令餐厅看起来更像是办公室,餐柜里的餐具也少得可怜。

上村推开隔壁房间的拉门,对里面说道:"警察来了,你出来见一下。"

声音传来,只见一个穿着短裤的男孩走了出来。他很瘦,脸色不太好,看见草薙和汤川后问了声好。

上村介绍说这就是他儿子忠广。

"咱们进入正题吧。您能给我们看一下那幅画吗?"草薙说。

"啊,好的好的。"上村走进另一个房间,拿出一个速写本,放在草薙二人面前。"就是这个。"

"不好意思,我看一下。"汤川伸手拿过速写本。

草薙也凑过去看。是照片上拍的那幅画,灰色的背景前面画着一条颜色发白的路和一辆红色汽车。车是两厢的,车顶为白色,轮胎显得很小,确实很像MiniCooper。

"和堤岸附近的景色是有点像,但并不能因此断定就是那里。"汤川喃喃道,"只能说画了一辆红色的汽车。"

"可是他本人画的就是那儿。"上村显得不太高兴地说。

"有必要问问本人吧?"汤川对草薙说。

草薙想起汤川讨厌和小孩子打交道,于是俯下身,问坐在旁边的忠广:"这幅画你画的是哪儿啊?"

男孩低着头说了什么,可是声音太小,听不清。

"你大点声,把话说清楚!"上村训斥道。

"河……河对岸。"男孩说。

"河对岸？你肯定吗？"

男孩轻轻地点了点头。

"那么……从这个房间来看，是在哪个方向呢？"草薙环顾四周。

"应该是那边。"汤川指了指和式房间。

"是的。请到这边来。"上村站了起来。

和式房间同样布置得毫无情趣可言，室内摆放着电视和组合家具，靠窗的榻榻米上铺着一床被褥。

上村打开窗户，食品加工厂的厂房映入眼帘，挡住了其他风景。

"你们大概知道吧，厂房的另一边有一条河。我儿子说他看到了河对岸的景象。问题不正是二十二日 MiniCooper 是否停在那儿吗？"

"您说得对。不过要说从这儿能看见河堤，实在有点……"

"所以，并不是从这儿看见的，因为从这儿肯定看不见。他是从更高的地方看到的。"说着，上村看着儿子忠广，"你和警察说说那天的事。"

听了父亲的指示，男孩才轻声说他最近感冒，天天待在家里，二十二日那天早上他本来一直在睡觉，忽然感到身体飘浮在半空中，看到了远处的情景。

"飘到了多高？"汤川凑到草薙耳边小声说，意思是让他去问。

"飘起来有多高？到天花板？"

"嗯……"忠广扭捏起来。

"好好答话！"一旁的上村说，"既然是实情，实话实说就好。你不是从窗户飘出去了吗？"

"啊？窗户？"草薙惊讶地看着男孩，"真的？"

"嗯。"忠广挠了挠肚子，"我觉得身体轻轻地飘了起来，然后就飘出了窗外。我飘得比后面的厂房还高，所以能看到那条河。"

"然后呢？"草薙追问道。

"我正觉得奇怪，就感到身体开始下降，又回到了屋里。等回过神来时，已经躺在褥子上了。正好速写本就在枕边放着，我便把看到的景象画了下来。"

"当时是下午两点左右。"上村插话道，"这个没错。当时邻居竹田太太正好过来，我们是一起看到那幅画的。你们可以找她核实情况。"

草薙点点头，朝窗外望去。这件事着实令人难以置信，可男孩的画确实存在。

"还需要向工厂确认一下吧？"汤川看着窗外的厂房说，"厂房正面不是有扇大门吗？在搬运大型设备之类的东西时应该会打开。最好确认一下七月二十二日下午，这扇大门有没有打开过。"

"门打开过说明什么？"

"我刚才在河堤那边确认过，厂房面朝河的那一侧也有一扇大门。如果两扇门同时敞开，整个厂房就如同一条隧道，从这边能畅通无阻地看到对面。"

"是吗？那好，我马上去确认。"草薙边说边在记事本上记录下来。

"等一下。"上村的口气略显强硬，"你们的意思是，当时工厂的大门正好开着，所以我儿子误认为从那里看出去的景象是灵魂出窍时看到的？"

"可以说这也是一种可能。"

上村摇了摇头，说："不可能。你听好，MiniCooper停的位置比工厂地势低很多，即使厂房的大门碰巧开着，从这扇窗户看过去，也只能看到比河堤高很多的地方。不信的话，你们尽管测量看看。"他边说边做手势，显得十分焦躁。

"对，是应该进行一次简单的测量。"汤川干脆地回应道。即便对方已经带有情绪，仍坚持自己的节奏，这是他的特点。

上村走到餐厅，把那幅画拿了过来。"请看看这幅画。白色的车顶画得多清楚，这明显是从上方看到的。"

汤川沉默着将目光停留在速写本上。现在他的脑海里应该在不停地组织着各种可以合理解释这一现象的假设吧？草薙猜测着，同时也盼望是这样。

这时，不知从何处传来了电话铃声。"不好意思。"上村说完，走了出去。

"你觉得怎么样?"草薙压低声音说,"能解决吗?"

汤川并未作答,而是问缩在角落里的忠广:"这种情况以前也发生过吗?"

草薙想,一向讨厌孩子的汤川居然主动搭话了,真是罕见。

忠广轻轻摇了摇头,似乎很害怕,追着父亲跑出了房间。

"对,现在警方也派人来了,他们好像非常重视……嗯,只要给我版面,稿子不成问题,我已经以日记的形式写好了。"那边传来了上村的说话声,"杉并那边的情况,请你一定……嗯,还请你多费心。对了,可以给我介绍一个熟知这类事情的人吗?超自然现象的研究者或是这方面的专家……嗯,那正好,拜托你了……好的……好的,我明白了。"

上村挂断电话,走了回来。草薙发现他表情愉悦,好像要哼起歌。

"这件事要报道出来吗?"草薙问道。

"嗯,会刊登在和我有合作的杂志上。"上村答道,"啊,对了,你们也可以去问问杂志的编辑,这样就知道我是在警察开始调查杉并区的案子前就给他看过这幅画了。"

"上村先生,您能等等再公开这件事吗?"

"哦?为什么?"

"这……"

"反正警方不准备将我儿子的话当作案子的线索,对吧?你们特意过来，不就是想确认忠广那天只是产生了错觉而已吗？所以我在什么地方、写些什么都无关紧要，不是吗？还是说，你们打算把他所说的和其他证词同等看待呢？如果是这样，我可以考虑考虑。"

"不，这我无法决定，必须请示上级才行。"

"请不请示结果都一样。"上村用力关上窗户，来回看了看草薙和汤川，"还有其他问题吗？如果你们相信忠广，再问多少我都会回答。要是早就断定我们在弄虚作假，你们还是请回吧。"他依然面带笑容，眼睛里却闪烁着要发起挑战般的目光。

"您刚才说当时还有一位女士在场。"汤川说，"是姓竹田吧？能告诉我们她的联系方式吗？"

"当然可以。她家离这儿很近，你们现在去也行。"上村说着，从旁边的架子上拿起一张便笺和一支圆珠笔，潦草地画了一张地图。

"真糟糕，他已经完全和我们为敌了。"刚从上村家出来，草薙就皱起眉说。

"不必太在意，他本来就知道警方不会当真，但还是写了那封信，不过是想造成'警方非常重视这件事'的效果罢了。这样一来，他再写关于灵魂出窍的报道就更有吸引力了。"

"你是说我们被利用了？"

"直截了当地说，是这样的。"

草薙垂头丧气地说:"你说,真有灵魂出窍这种事吗?"

"不知道。没有足够的事实依据,我是不会轻易下结论的。"

"有依据啊。从上村家看不到汽车停靠的地方,而且上村忠广最近没出过家门一步。"

"这个依据是否可靠,还需要检验。"汤川停下脚步,伸出右手大拇指指向旁边的食品加工厂。厂房四周围着一圈围墙,一辆卡车从便门开走了。

"刚才不是说,即便大门都打开了,从他家也看不见河堤吗?"

汤川轻轻叹了口气。"难道不需要对信息加以甄别吗?"

"知道了,我这就去查,行了吧?"草薙朝工厂的便门走去。

门口有个类似警卫室的小屋,草薙表明身份,并提出想见工厂的负责人。看上去已经上了年纪的警卫慌忙去打了个电话,然后问道:"请问您有什么事?"

"办案子。"草薙答道,"杀人案。"

大概是听见了"杀人"二字,警卫微微佝偻的后背一下子挺直了。

在外面等了片刻,一个五十岁上下的胖男人出现了,是厂长中上。他戴着乳白色的工作帽,帽檐被汗水沁湿了。

被问到七月二十二日厂房的大门是否完全敞开过,中上皱起眉说:"您为什么要问这个?与杀人案有什么关系吗?"

"这属于我们办案中的保密事项。当天情况如何?门打开过吗？"

中上没有立即作答，好像还在琢磨警察的真正意图。过了一会儿，他才说道："门没有打开过。"

"真的吗？"

"是的。正门一般都开着，但后门基本只在需要搬运特殊的生产设备时才打开。"中上语气平稳地说。

"是吗？抱歉，在您百忙之中打扰了。"草薙向中上和警卫致意后，离开了工厂。

出了工厂，草薙没有看见汤川的身影。他顺着围墙走了几步，发现物理学家正在垃圾堆里翻找东西。确切地说不是垃圾堆，而是食品加工厂扔废弃物的地方。

"你干什么呢？"

"我发现了有意思的东西。"汤川把手里的东西拿给草薙看。

那是一只运动鞋，却被截断了，后半部分不知去向。

"这玩意儿哪儿有意思？因为被切掉了一半？"草薙问。

"你仔细看看，断面并不简单，既不是被切断的，也不是被撕扯而成的。"说着，汤川从地上捡起一个垃圾袋，把只剩一半的运动鞋装了进去。

"别忘了你来这儿的目的可不是做科学研究。"说着，草薙迈出脚步，心想接下来必须去见见竹田幸惠。

竹田幸惠经营着一家面包店，门面很小，但路过的行人一闻到刚出炉的面包的香味就会情不自禁地被吸引。据说她丈夫五年前因事故去世了。

"那天的情况我记得很清楚，但看见画的时候我并不怎么惊讶。上村先生很兴奋，可我觉得可能是忠广睡迷糊了。而且以那孩子的水平来看，画得也不算好。可是……"

幸惠接着说，第二个星期就有警察来到店里，问了她奇怪的问题——二十二日是否看到河堤那里停着一辆红色的 MiniCooper 小轿车，车顶为白色。她说没见到，不过联想起了忠广画的那幅画，于是把此事告诉了上村宏。

事情的前因后果终于清楚了，草薙想，上村认为这是个极好的机会，打算炒作儿子灵魂出窍的经历，于是想到了写那封信。

"您说，人的魂魄暂时离开身体，真有这样的事吗？"幸惠最后问道。

"这……"草薙为难地看向汤川。汤川好像没有在听，只顾打量店里的面包。

"我不知道有没有，但我不喜欢上村先生对这件事这么热衷的态度。靠这种事出名，又怎么样呢？"幸惠忧郁地说。

草薙想，竹田幸惠也许对上村有好感，而且两个人的年纪也相仿。

忽然，汤川在一旁说道："不好意思，我想买一个咖喱面包。"

5

距发现尸体已经过去了十天。栗田信彦依然否认自己有嫌疑，警方也苦于找不到足够的证据定罪，反而发现了几个有利于栗田的证据。其一是在被害人长冢多惠子家中发现了一名男子留下的痕迹。

警察在浴室的排水口找到了某个男子的毛发，在房间里的地毯上和卫生间的地垫等处也都发现了同样的毛发。此外，壁橱中的纸袋里装有剃须刀、剃须膏，甚至还有避孕套。

经过化验毛发，确认该男子血型为 A 型，而栗田是 O 型。

当然，这并不能排除栗田的作案嫌疑。栗田得知多惠子有男友后妒火中烧而杀人也不是不可能。

令警方难以释怀的是，至今这名男子的身份还未得到确认。看来，多惠子对最亲近的人也没有透露她和这个人的关系。而这个人在恋人被害身亡后，居然也没有现身。

"婚外恋呗。对方肯定是有妇之夫。"弓削再次大声发表看法，这次却没有人反驳他。

警方暗中将长冢多惠子周围的情况巨细靡遗地查了一遍，尤其对公司男同事进行了彻底调查，还将重点怀疑对象的毛发与多惠子家里发现的进行了对比，却一无所获。

正束手无策的时候，又发生了一件令警方感到更加头疼的事：某周刊杂志刊登了上村忠广灵魂出窍的报道，作者自然是上村宏。

"糟透了。"间宫看着杂志苦恼地说道。

搜查本部所在的杉并区警察局的会议室里，草薙正在写报告。"当警察这么多年，我还是第一次碰上这种事。"

"市民看了报道，大概会纷纷打来电话，责问警方为什么不理会这么重要的证词。"弓削拿着从自动售货机上买来的咖啡，冷笑着说。

"惨了，"间宫皱着眉，"科长又要生气了。"科长此时正在其他房间里开会。

一个年轻刑警走过来，报告说上村父子出现在了电视节目上。

弓削打开一旁的电视，只见上村父子并排坐在脱口秀节目的现场。

"根据我查到的资料，所谓'灵魂出窍'常常会出现在人受到外伤之后，"上村宏对着镜头说，"比如说头部遭到殴打。有亲身经历的人表示曾感到身体一下子飘了起来。"

"这是大脑在被打瞬间的应激反应吧？"间宫嘀咕道。

上村还在发言："另外，有过濒死体验的人几乎毫无例外地都有过灵魂脱离身体的感觉。可以认为是意识为了摆脱肉体的痛苦，暂时离开身体。我想，是不是忠广的潜意识里也想摆脱高烧带来的不适,而发生了这种奇迹呢?"

"所以您认定忠广经历了灵魂出窍,对吗?"主持人问道。

"确切地说,是只能这样解释。如果这方面的研究能稍有一些进展,也许就不会发生警方对如此宝贵的证词不加理睬的蠢事了。"

弓削苦笑着关上了电视。"这家伙真是能随心所欲地说话啊。"

"草薙,伽利略老师那儿如何了?有没有头绪?"

"我也不知道,但我想他会尽力帮忙的。"

"什么?看来他也靠不住了。"间宫挠了挠头。

这时,两名刑警满头大汗地回来了。

"辛苦你们了,有什么收获?"

"关于MiniCooper,有一些线索。"

"又是MiniCooper!"间宫厌烦地看向草薙等人,"有什么线索?"

"一个住在长冢多惠子家附近的人见过那辆车,可惜他记不清到底是在二十一日还是二十二日了。"

"如果不说清楚这一点,没什么用啊。"

"但有一点值得注意。他记得当时有一个奇怪的男人向车里窥探,那人大夏天的还穿着西装,是个瘦削的中年人。"

"哦……"

"听上去不像是栗田啊。"草薙说,"是谁呢?"

"会不会只是一般的汽车爱好者？"这是弓削的看法。

"听目击者的意思，感觉不是。"走访调查回来的刑警说，"倒像是确认车主似的。"

"有可能是西装男认识的人中也有拥有同款汽车的。毕竟很难想象，认识栗田和他那辆车的人会恰巧经过那里。"

听了弓削的话，在场的人都陷入了沉思。他的话并非没有道理。

"等一下，"间宫说道，"如果西装男根本不是恰巧出现在那儿呢？"

"什么意思？"

"或许他准备去长冢多惠子家，快到的时候，忽然发现附近停着一辆眼熟的汽车。如果是栗田的车，说明栗田当时应该正在长冢家。这样一来，他再去就不合适了，于是他想仔细看看那辆车到底是谁的……"

"请等一下，"草薙打断间宫，"那这个人就得同时认识长冢多惠子和栗田信彦。"

"是的。有没有这么一个人？"

大家一时无言，面面相觑。不久，弓削喃喃道："他们二人不是经人介绍相亲认识的吗……"

一瞬间，所有人都站了起来。

"原来如此，被害人的前上司就这样被抓捕归案了。"听完草薙的话，汤川点了点头说。

"这个姓吉冈的人是三年前从公司辞职的，在那之前就和长冢多惠子发生了关系。我们曾推测长冢可能和别人存在不正当关系，却没想到对象是已经离职的人，这是我们的疏忽。吉冈和栗田也是通过保险渐渐熟识的。"草薙端起咖啡喝了一口。每次案件真相大白后，就算是速溶咖啡，他都觉得好喝起来了。吉冈在警方的审问下已经坦白了罪行。

"也就是说，吉冈把情妇介绍给了栗田？"

"没错。"

"哎呀哎呀，"汤川摇了摇头，"男女关系真是难以理解。"

"他是想了断和长冢的关系才这么做的，可是长冢并不想分手。她平静地去相亲，大概是想表明尽管如此依然不会变心。据说她最近常常暗示要将二人的关系告诉吉冈的太太。吉冈就害怕了。"

吉冈辞职后，在妻子从娘家接手的租赁公司中担任要职，如果让妻子知道他和长冢的事，他恐怕会失去一切。

吉冈二十一日去了长冢住的公寓，打算说服她，没想到看到了栗田的车，于是决定改日再去。第二天，他事先打电话和长冢约好后才过去，提出和她分手。

长冢却不同意，甚至说要立刻给吉冈的太太打电话。

"后面就是老生常谈了。等吉冈回过神时，已经掐死了长冢。看得出来，吉冈作案毫无计划性，所以我觉得他说的话还算可信。"

"那二十二日停在店门口的 MiniCooper 是怎么回事？那不是栗田的车吗？"

面对汤川的这个问题，草薙苦着脸说："关于这一点，特别令人失望。二十一日停在那里的车是栗田的 MiniCooper，而二十二日停在同一地点的车则是吉冈的。其中并没什么玄机，只是大阪烧店的老板娘看错了。车的颜色是红色的没错，可那辆车是宝马。为什么会把宝马看成 MiniCooper……我真是无法理解。"

"人的记忆就是这样，人是很容易产生错觉的动物，所以才不断有超自然现象的传言。"

"既然你这样说，看来先前的问题已经有答案了吧？我今天也是来问这个的。"草薙用食指指了指汤川。

"既然案子已经破了，答案是什么都无所谓吧？"

"那可不行。后来还有很多人来问，我们都觉得很困扰。搜查一科的同事还让我找伽利略想想办法，真是麻烦。"

"伽利略？"

"拜托了，帮帮忙嘛。还有你解决不了的事吗？"草薙从椅子上站起来，挥了挥拳头。

坐在椅子上的汤川往后仰了一下，说："你能先帮我查一件事吗？"

"查一件事？"

汤川从白大褂的口袋里掏出一样东西，是此前他捡到的运动鞋上的一块碎片。"我想让你确认一下这个珍贵的物证告诉我们的信息。"

"咦……"草薙疑惑地歪着头，接了过来。

当晚，草薙便给汤川打了一个电话。"真被你说中了。仔细盘问那家食品加工厂的厂长后，他终于承认那天厂房的大门打开过。"

"看来不出所料。"汤川说，"那是发生事故了吧？"

"没错。厂长以为我们已经知道了事故一事，觉得无法隐瞒下去，才说了实话，还让我不要声张。我可做不到，打算联系有关部门。"

"这家工厂真倒霉。要不是灵魂出窍的事闹得沸沸扬扬，事故就被他们掩盖住了。"

"食品加工厂的事故和灵魂出窍到底有什么关系？我怎么想也不明白。"草薙说。其实他根本没有去想，他连思考这个问题的背景知识都不具备。

汤川沉默了一会儿，说道："是该揭开谜底了，不过还需要观众。"

"观众？"

"对。你一定要把他们带来。"汤川说。

6

破案三天后,草薙坐在出租车的副驾驶座上,前往帝都大学。上村父子坐在后座。

"一个小时真的能结束吗?今天我们还要接受杂志的采访,四点前必须赶到新宿。"上村的语气中难掩不快。家里突然来了不速之客,强迫自己坐上出租车,不高兴是自然的。

"应该很快就会结束。咱们到达前,那边就会做好准备。"

"我不知道你们打算做什么实验,但恐怕无法改变我的想法,毕竟忠广确实看到了按常理来讲不可能看到的东西。而且案子的嫌疑人不是最终被证实是清白的吗?"

"话虽如此,但嫌疑人能洗去嫌疑是因为找到了真凶,并不是他的不在场证明得到了证实。"

"都一样。既然他无罪,那么不在场证明就是成立的,说明那天在那个地方,确实停有一辆红色的MiniCooper,而且被忠广从一个绝对不可能看到的地方看到了。"

"所以要做一个实验来证明是否有可能发生这种事。"

上村宏哼了一声。"我看你们最后只能出丑。先告诉你们,一旦实验失败,我会把这事也写进报道里。你们做好心理准备吧。"

"嗯，好的。"草薙回头报以礼貌的微笑，然后把头转向前方，心里却捏着一把冷汗：他完全不知道汤川打算做什么。

到了学校，草薙带领上村父子走进理工学院的大楼。汤川在物理系第十三研究室。

敲门后，听到里面传来一声"请进"，草薙推开了房门。

"真准时，我刚准备好。"身穿白大褂的汤川站在实验桌旁。

"我把他们二位带来了。"草薙说完，看到水槽旁站着的人，不禁吓了一跳。是竹田幸惠。

"你怎么在这儿？"上村问。

"我接到汤川老师的电话，说有个实验想请我帮忙，正好我也非常感兴趣，就来了。"幸惠微笑着说。

"你还知道她的电话啊？"草薙问汤川。

"这不是什么难事。我买的咖喱面包的袋子上印着电话号码。"

"啊……"听到汤川简单的回答，草薙有些泄气，但马上意识到汤川那天买咖喱面包时就预见到了今天这种情况。

"我不知道你们打算做什么，但请快一点，我们很忙。"上村来回看着草薙和汤川说。

"不会占用您太多时间，抽支烟的时间就差不多了。您带烟了吗？"

"带是带了，可以抽吗？"

"这里一般禁止抽烟，今天例外，不过只能在这里抽。"汤川将玻璃烟灰缸放在实验桌上。

"那就不客气了。"上村从上衣口袋里拿出烟,取出一支衔在嘴里,点上火。

"我也抽一支,行吗?"草薙也拿出烟盒问。

汤川略显厌烦地撇了撇嘴,最后还是轻轻地点了点头。

草薙说了一声"谢了",将烟点燃。

"那是什么?"上村指着实验桌上并排摆着的两个水缸。两个长约五十厘米的长方形水缸里,都盛着约七成满的水。

"别碰。现在里面的水处于一种非常微妙的状态,稍微一晃,平衡就会被打破。"

草薙本想碰一下水缸里的水,闻言慌忙缩回了手。

"你要用这水做什么?"上村问道。

汤川从白大褂口袋里拿出一支会议上放幻灯片时指示重点用的激光笔。

"上村先生,您说过即使食品加工厂的大门全部打开,从您家的窗户看过去也不可能看见河堤,对吧?"汤川确认道。

"嗯,没错。"上村答道,目光充满挑衅。

"我查看了那里的地形。的确,即使工厂的大门全部打开,从您家到停车的位置也不可能以直线连接,这说明通常情况下不可能一眼看到对面,因为光沿直线传播。"说着,汤川按下激光笔的开关,"竹田女士,麻烦您关上房间里的灯。"

幸惠说了一声"好的",关上了墙上的开关。窗帘拉着,室内马上变昏暗了,激光笔发出的笔直光线显得更加清晰。

原来这就是允许他们抽烟的原因啊,草薙恍然大悟。汤川曾告诉过他,激光在烟雾中能被看得更清楚。

"但是,"汤川将激光笔的光停在上村胸口,"要是光线发生弯曲会怎么样?原来看不见的东西不就能看见了吗?"

"光线发生弯曲?"上村仿佛明白了似的点了点头,"你是说镜子吧?要是有一面镜子,通过反射就可能看到了。但是哪儿有镜子?还是那么大的镜子。"

不等上村说完,汤川就摇了摇头。"谁说镜子了?请您先安静地看吧。准备好了吗?左边水缸里盛的是普通的水,现在我要让激光射进去。"说着,汤川将激光笔缓缓对准左边的水缸。

突然,忠广"啊"了一声。他个子最矮,恰好正对水缸的侧面。

激光在水缸侧面微微向上弯曲后,笔直地射入水中。

"说句题外话,我在水里加了一点牛奶,这样可以更清楚地看到激光。"汤川解释道。

"光线弯曲了。"忠广抬头看着父亲。

上村呼地吐出一口气。"不是反射就是折射吗?光线射入水中会发生折射,我在物理课上学过。但是现场有这么大的水缸吗?"

"您真是个性急的人。"汤川不耐烦似的说,"光线射入水中时发生的折射可以不用考虑。我想让你们看的,是射入水中的光线是笔直的。"

239

"这倒是没错,光线是直的。"

"接下来我要让激光射入另一个水缸。"汤川将激光笔的笔尖对准右边的水缸。

这一次,草薙首先发出了惊呼,紧接着,忠广和幸惠也都发出惊呼。上村则瞪大了眼睛,一言不发。

光线进入水缸后没有沿着直线传播,而是向下画了个平缓的弧线,这才应该是弯曲的样子。

"这是怎么回事?"草薙问。

"当然是水中有玄机。"汤川说,"右边的水缸里盛的是糖水,我想办法使它保持上面的浓度低,越往下浓度越高的状态。当光线从浓度低的地方进入浓度高的地方时,会发生折射,且浓度越高折射率越大,所以光线越往下弯曲得越厉害。"

"原来是这么回事。"草薙凑近水缸,"我还是第一次看见这种事呢。"

"也许这是你第一次看见,但基于同一原理产生的自然现象你肯定知道。"

"是吗?什么现象?"

"在此之前,"汤川走过去把墙上的开关打开,"请你和上村先生说说那起事故吧。"

"哦,好的。"

"事故?"上村像是吓了一跳,"什么事故?"

"那天,你家后面的食品加工厂发生过一起小事故。"草薙说道,"工厂为了冷冻食品会使用大量的液氮,但那天液氮的存储罐坏了,液氮流了出来,厂房里的地板被急速冻住了。"

"这就是由事故造成的。"汤川拿着那只被截断的运动鞋,"它大概是在被急速冻住后,受到某种冲击才断掉的。后来又化了,变成了这样。"

看见那只鞋,上村显得相当惊讶。"还有这样的事?不过,这和刚才的实验有什么关系?"

这也是草薙想知道的,他看向汤川。

"液氮流出后,厂里的工人非常惊慌,他们知道必须马上换气,于是打开了大门。盛夏的炎热空气瞬间涌了进来,厂房的下方是冰冷的液氮,上方是热空气,形成了密度差极大的气体层。"汤川指了指盛着糖水的水缸,"液体和气体有所不同,不过当时厂房里的状态和这个水缸里的是一样的。"

"所以如果当时有激光穿过,也会像刚才那样发生弯曲吗?"

"是的。"汤川向草薙点了点头。

"那……接下来又会怎么样呢?"

"很显然,如果视线穿过厂房看向对面,看到的则不是原本在那个位置的景象,而是下方的景象,因此才会看到原本绝对不可能看到的河堤。"

"会有这种事吗?原理我倒是明白了。"草薙喃喃道。他实在无法想象那种场面。

"刚才我说了，同一原理产生的自然现象你肯定知道，"汤川说，"那就是海市蜃楼。"

"啊……"草薙点了点头。一旁的幸惠也点头表示明白了。

"不对！和海市蜃楼不是一回事！"上村挥动着右手，像要切断什么东西似的。"竹田，你应该也看见了吧？当时工厂的大门不是关着吗？"

"我问过工厂，他们说大门只开了很短的时间。"草薙说。

"不，不是的。喂，忠广，你来说！你确实感到飘在了空中，对吧？所以才看到了那一幕。"

男孩并没有点头认同父亲的话。"我没有感到飘在空中，"他哭着说，"只是觉得身体轻飘飘的。可是爸爸非让我说我飘浮在了空中……"

"忠广！"上村歇斯底里地喊道。

汤川走向忠广，在他面前蹲下来。"你要诚实地回答我。你是怎么看到那一幕的？是不是工厂的大门开着，你通过那里看到了对面呢？"

忠广想了想，困惑地歪着头说："我也不知道，也许是吧。我当时迷迷糊糊的，记不清了。"

"是吗？"汤川摸了摸男孩的头，"记不清就没办法了。"

"你没有证据能证明是海市蜃楼！"上村喊道，"一切都只是推测！"

"没错。但你说他灵魂出窍也没有证据。"

面对汤川的反驳，上村语塞。

这时，一旁的幸惠说道："上村先生，你不要再坚持了。我知道实情。"

"知道实情？你知道什么？"

"我知道你修改了忠广的画。我看见杂志上刊登的那张照片时，感到很惊讶。忠广一开始画的那张画并没有那么清楚。虽然大致能看出上面画着一辆红色的汽车，但既没有白色的车顶，也没有车轮，这些都是你后来添上的。"

幸惠说的看来是真的。上村的脸痛苦地扭曲了。"……我为了把事情讲述得更明白才那样做的。"

"你在说什么啊？这就是弄虚作假吧？你居然还让忠广配合……"幸惠瞪着上村说。

上村咬着嘴唇，无言以对。片刻后，他下定决心似的拉住忠广的手。"感谢你们演示了一场有意思的实验。不过，你们并没有拿出决定性的证据，所以我只能把它当成一个参考意见。我们还有安排，就先告辞了。"

"上村先生……"

上村没有理会幸惠的喊声，拉着儿子走出了研究室。

听着远去的脚步声，屋里的三人一时都陷入了沉默。

"不去追他们吗？"草薙问幸惠。

"但……"

"还是去吧，"汤川说，"为了那个孩子。"

幸惠醒悟般地抬起头，向汤川和草薙致意后快步走了出去。

草薙和汤川对视一眼，松了一大口气。"你现在也能和小孩子正常对话了嘛。"草薙说。

汤川卷起白大褂的袖子，只见他的手腕上出现了红色斑点。

"这是怎么了？"草薙问。

"荨麻疹。"汤川答道。

"啊？"

"不习惯的事还是不应该做啊。"汤川说着，唰地拉开了窗帘。

图书在版编目(CIP)数据

侦探伽利略 /（日）东野圭吾著；蓝佳译. —— 海口：南海出版公司, 2019.4
　（东野圭吾作品）
　ISBN 978-7-5442-9536-9

Ⅰ. ①侦… Ⅱ. ①东… ②蓝… Ⅲ. ①短篇小说－小说集－日本－现代 Ⅳ. ①I313.45

中国版本图书馆CIP数据核字(2019)第027421号

著作权合同登记号　图字：30-2018-105

TANTEI GALILEO by HIGASHINO Keigo
Copyright © 1998 HIGASHINO Keigo
All rights reserved.
Original Japanese edition published by Bungeishunju Ltd. in 1998.
Chinese (in simplified character only) translation rights in PRC reserved by ThinKingdom Media Group Ltd., under the license granted by HIGASHINO Keigo, arranged with Bungeishunju Ltd., Japan through BARDON CHINESE CREATIVE AGENCY LIMITED, Hong Kong.

侦探伽利略

〔日〕东野圭吾　著
蓝佳　译

出　　版	南海出版公司　（0898)66568511
	海口市海秀中路51号星华大厦五楼　邮编 570206
发　　行	新经典发行有限公司
	电话 (010)68423599　邮箱 editor@readinglife.com
经　　销	新华书店
责任编辑	张　锐
特邀编辑	倪莎莎　崔　健
装帧设计	陈绮清
内文制作	王春雪
印　　刷	北京盛通印刷股份有限公司
开　　本	850毫米×1168毫米　1/32
印　　张	8
字　　数	158千
版　　次	2019年4月第1版
印　　次	2024年4月第25次印刷
书　　号	ISBN 978-7-5442-9536-9
定　　价	49.50元

版权所有，侵权必究
如有印装质量问题，请发邮件至 zhiliang@readinglife.com